Collection dirigée par Henri Mitterand

Eugénie Grandet

Honoré de Balzac

- **des repères pour situer l'auteur, ses écrits, l'œuvre étudiée**

- **une analyse de l'œuvre sous forme de résumés et de commentaires**

- **une synthèse littéraire thématique**

- **des jugements critiques, des sujets de travaux, une bibliographie**

Évelyne Bloch-Dano

Agrégée de Lettres modernes

Sommaire

© Éditions Nathan 1995, 9, rue Méchain – 75014 Paris
ISBN 2-09-180767-2

La vie de Balzac

UNE ENFANCE TOURANGELLE

Quand Honoré Balzac naît à Tours le 20 mai 1799, son père a 53 ans. Son énergie et son opportunisme politique ont permis à ce fils de laboureur de s'élever dans la société, et il est directeur des vivres à la 22e division militaire. La mère d'Honoré, Anne-Charlotte-Laure Sallambier, beaucoup plus jeune que son mari, est issue de la bourgeoisie parisienne. Trois autres enfants naîtront : Laure, Laurence (la particule *de* apparaît pour la première fois sur son acte de naissance), et Henri, le préféré de sa mère, né de sa liaison avec Monsieur de Margonne. L'enfance d'Honoré est marquée par la solitude et la tristesse. Placé dès sa naissance en nourrice, puis en pension à l'âge de quatre ans, il souffre de la froideur de sa mère. Un séjour de six ans au collège des Oratoriens de Vendôme achève cette éducation rude et sans affection. Élève médiocre, il poursuit ses études à Paris où sa famille s'est installée en 1814. Il est admis au baccalauréat en droit, mais ses expériences de clerc dans différentes études de notaire le dissuadent de se lancer dans cette carrière.

LES GRANDES ESPÉRANCES

Passionné en revanche par la philosophie, il décide de se consacrer à la littérature et de conquérir la célébrité. Il s'installe dans une mansarde, rue Lesdiguières, et entreprend une tragédie – *Cromwell* – qui se solde par un échec (1820). Ses parents lui allouent une pension misérable, et lui donnent deux ans pour réussir. Il fait la connaissance de Lepoitevin de l'Égreville qui lui propose de collaborer avec lui. Par son intermédiaire, Balzac publie, sous divers pseudonymes, des romans au goût du jour, sans la moindre valeur littéraire, mais qui lui permettent de gagner sa vie tout en découvrant le monde de l'édition. En 1822, il rencontre Laure de Berny, de vingt-deux ans son aînée. Celle qu'il appellera *la Dilecta*, lui apporte l'amour et les encouragements dont il manque, et l'aide à se lancer dans des « affaires » qui échoueront toutes et le laisseront criblé de dettes : une entreprise d'édition, une imprimerie, une fonderie de caractères. En 1828, c'est la liquidation judiciaire. Balzac ne se débarrassera jamais de ses dettes, qu'alourdira encore un train de vie fastueux. Mais il ne renoncera jamais à faire fortune, à l'image de certains de ses héros.

UNE FORCE QUI VA

Balzac revient alors à la littérature. En 1829, il publie *Le Dernier Chouan (Les Chouans)*, premier roman qu'il signe de son nom. La période qui s'ouvre est marquée par une vitalité et une créativité prodigieuses. Vie mondaine, liaisons et romans se succèdent à un rythme étourdissant. Il fréquente les salons, le monde de la presse... et les belles aristocrates dont la noblesse le fascine : la duchesse d'Abrantès, la duchesse de Castries, la comtesse Guidoboni-Visconti. En 1832, il reçoit la première lettre d'Éveline Hanska, *l'Étrangère*, une comtesse polonaise qui admire passionnément son œuvre. Ils se rencontrent en 1833, et leur correspondance vient s'ajouter aux innombrables publications de ce travailleur forcené. Il travaille toute la nuit en buvant des litres de café, et consacre la matinée à la correction des épreuves qui, chez lui, est une véritable réécriture.

Toujours hanté par ses rêves de fortune, il tente sa chance au théâtre, mais sans succès. Faillites et procès ne lui laissent aucun répit et l'obligent à vivre clandestinement, à changer de domicile ou à voyager à l'étranger. Il est obligé de vendre sa propriété des Jardies, près de Sèvres et en 1840, il s'installe sous un nom d'emprunt rue Basse, à Passy. Un an plus tard, il signe un contrat qui lui permet de regrouper l'ensemble de son œuvre sous le titre de *La Comédie humaine*.

LES DERNIERS VOYAGES

En 1842, Balzac apprend la mort du comte Hanski. Cette nouvelle donne un second souffle à son amour pour Éveline. Désormais, il va consacrer toutes ses forces à son mariage avec la riche veuve. Il la retrouve en 1843 à Saint-Pétersbourg mais elle lui oppose de nombreux obstacles. Sept ans durant, il fait d'incessants voyages en Europe pour la rencontrer et la convaincre, voyages qui ruinent sa santé déjà rendue fragile par un travail excessif. Il n'a plus le temps d'écrire. Enfin, le 14 mars 1850, il épouse Éveline Hanska en Ukraine. Le voyage de retour achève de l'épuiser et, dès son arrivée à Paris, il est contraint de s'aliter dans l'hôtel particulier qu'il a fait aménager rue Fortunée (l'actuelle rue Balzac) pour sa femme. Il meurt le 18 août 1850, à cinquante et un ans, quelques heures après une visite de Victor Hugo, qui prononcera son éloge funèbre au cimetière du Père-Lachaise, le 21 août.

VIE ET ŒUVRE DE BALZAC	ÉVÉNEMENTS POLITIQUES, SOCIAUX ET CULTURELS
1799 Naissance de Balzac à Tours.	**1799** Coup d'état de Bonaparte.
	1802 Chateaubriand, *Le Génie du christianisme*.
1807 → **1813** Études chez les Oratoriens de Vendôme.	
1814 Installation de la famille à Paris.	
	1815 Restauration de Louis XVIII.
1817 Stage chez M. de Merville, notaire.	
1819 Installation rue Lesdiguières.	**1819** Walter Scott, *Ivanohé*.
1822 Rencontre avec Mme de Berny.	**1822** Lois sur les libertés individuelles et la presse.
	1824 Charles X.
1825 Rencontre avec Zulma Carraud. *Wann-Chlore* (signé Saint-Aubin). Se lance dans l'édition. Échec.	
1828 Liquidation des entreprises. d'imprimerie et de fonderie.	
1829 *Les Chouans*.	
1830 Vie mondaine.	**1830** Révolution de Juillet. Louis-Philippe. Stendhal, *Le Rouge et le Noir*. Michelet, *Histoire de France*.
1831 *La Peau de chagrin*.	**1831** Delacroix, *La Liberté guidant le peuple*.
1832 Voyage avec Mme de Castries. 7 novembre : première lettre de Mme Hanska, l'*Étrangère*.	**1832** Échec de la tentative de la duchesse de Berry pour susciter une insurrection dans l'Ouest.
1833 Première rencontre avec Mme Hanska à Neuchâtel. *Eugénie Grandet*.	
1834 *La Duchesse de Langeais ; La Recherche de l'absolu*.	**1834** Musset, *Lorenzaccio*. Lamennais, *Paroles d'un croyant*.
1835 *Le Père Goriot, Le Lys dans la vallée*.	

VIE ET ŒUVRE DE BALZAC	ÉVÉNEMENTS POLITIQUES, SOCIAUX ET CULTURELS
1836 Liquidation du journal *La Chronique de Paris*. Mort de Mme de Berny.	
1837 *Les Illusions perdues* (→ 1843). Achat de la propriété des Jardies.	**1837** Dickens, *Oliver Twist*.
1838 Voyage en Corse, en Sardaigne, en Italie ; *Splendeurs et misères des courtisanes*.	
1839 Élu président de la Société des gens de lettres.	**1839** Loi sur la propriété littéraire. Stendhal, *La Chartreuse de Parme*. Chopin, *Préludes*.
1840 S'installe rue Basse.	**1840** → **1847** Gouvernement Guizot.
1841 Contrat pour la publication de *la Comédie humaine*.	
1842 Apprend la mort du comte Hanski. Avant-propos de *la Comédie humaine*.	**1842** Verdi, *Nabucco*.
1843 Voyage à Saint-Pétersbourg pour rejoindre Mme Hanska après huit ans de séparation.	
1845 Voyages avec Mme Hanska. Plan définitif de *la Comédie humaine*.	**1845** Mérimée, *Carmen*. Wagner, *Tannhäuser*.
1846 *La Cousine Bette*. Naissance d'un enfant mort-né.	
1847 Départ pour l'Ukraine. *Le Cousin Pons*.	**1847** Charlotte Brontë, *Jane Eyre*. E. Brontë, *Les Hauts de Hurlevent*.
1848 Retour et nouveau départ en septembre.	**1848** Révolution de février. IIe République. Courbet, *L'Enterrement à Ornans*.
1849 Séjour à Wierzchownia, chez Mme Hanska. Balzac malade.	
1850 14 mars : mariage. Après un voyage très pénible, retour rue Fortunée le 21 mai. Il meurt d'épuisement le 18 août.	**1850** Vote de la loi Falloux.
1855 *Les Paysans* (publ. posthume).	

L'œuvre de Balzac

GENÈSE DE *LA COMÉDIE HUMAINE*

Balzac a connu des **débuts difficiles**. Il commence par publier des ouvrages de commande et sans grande valeur, en collaboration avec Lepoitevin de l'Égreville. Dans ces romans destinés aux cabinets de lecture, et qu'il signe de pseudonymes tels que Lord R'Hoone ou Horace de Saint-Aubin, il sacrifie à la mode du roman noir et des récits à l'eau de rose. Mais, ces écrits constituent une sorte d'entraînement et certains critiques y verront l'émergence de thèmes ou de personnages qui prendront forme plus tard. C'est le cas de *Wann-Chlore, Le Vicaire des Ardennes*, ou d'*Annette et le Criminel*.

Le premier roman signé de son nom paraît en 1829, sous le titre *Le Dernier Chouan*. Même si l'influence de Walter Scott y est manifeste, ce livre marque les vrais débuts de Balzac.

La Comédie humaine s'est élaborée **par paliers successifs** :
– 1830 : le noyau initial, six nouvelles publiées sous le titre de « Scènes de la vie privée ».
– 1831 : les premières « Études philosophiques », *la Peau de chagrin, Le Chef d'œuvre inconnu, Louis Lambert* (1832).
– 1833 : un projet intitulé « Études de mœurs au XIXᵉ siècle » pour lequel il signe avec Mme Béchet un contrat. Cet ensemble comportera douze volumes divisés en trois cycles : « Scènes de la vie privée », « Scènes de la vie de province », « Scènes de la vie parisienne ». La même année, il a l'idée du retour des personnages.
– 1834 : application de son procédé au roman *Le Père Goriot*. Dans une lettre du 26 octobre 1834 à Mme Hanska, il expose son système, qui s'est compliqué. Il reposera sur trois grands volets : les « Études de mœurs » (les effets), les « Études philosophiques » (les causes), « les Études analytiques » (les principes). Le principe de *La Comédie humaine* est trouvé, les romans antérieurs y seront réintégrés.

– 2 octobre 1841 : le traité pour la publication de *La Comédie humaine* est signé : ce sera l'édition Furne.
– 16 avril 1842 : mise en vente du premier volume. Avant-propos en juillet 1842.
– 1846 : achèvement de l'œuvre en seize volumes.
– 1848 : publication du dix-septième volume.
– 1855 : publication posthume du dernier volume.

PLAN DE *LA COMÉDIE HUMAINE*

Le projet initial de Balzac comportait 137 ouvrages, soit de 3000 à 4000 personnages. Il parviendra à en écrire 91. Sur les 2209 personnages, 515 reviennent dans plusieurs romans.
Première partie : « Études analytiques ».
Deuxième partie : « Études philosophiques ».
Troisième partie : « Études de mœurs », subdivisées en :
– « Scènes de la vie privée » ;
– « Scènes de la vie de province » ;
– « Scènes de la vie parisienne » ;
– « Scènes de la vie politique » ;
– « Scènes de la vie militaire » ;
– « Scènes de la vie de campagne ».

CARACTÉRISTIQUES DE L'ŒUVRE

Certains traits majeurs permettent de mieux saisir le caractère exceptionnel de *La Comédie humaine*.
1. Le réalisme : « La société humaine allait être l'historien, je ne devais être que le secrétaire » (Avant-propos de *La Comédie humaine*). La « reproduction rigoureuse » à laquelle prétend Balzac concerne non seulement l'environnement social, les mœurs, mais aussi les caractères et les passions : c'est un réalisme social et psychologique. Certains procédés favorisent cette peinture de la réalité, telles l'observation directe, et les descriptions qui ne sont jamais gratuites mais renvoient à l'étude du milieu et des êtres qui s'y rattachent.
2. La vision : il ne s'agit pas pour autant d'une reproduction myope de la réalité. Il faut faire la part de la créativité de

Balzac, capable de mettre au monde un prodigieux univers de fiction par la seule force de son imagination.

3. La narration romanesque : à cela s'ajoute son art du récit. Balzac est un conteur. N'oublions pas qu'un grand nombre de ses textes parurent dans des revues, sous la forme d'épisodes qui exigeaient qu'on maintienne les lecteurs en haleine. L'étude de la construction de ses romans révèle son souci d'efficacité.

4. Le retour des personnages : il crée lui aussi un effet de réel, en donnant un relief saisissant à des êtres de fiction. Mais surtout, il permet d'exprimer la complexité de personnalités qu'on découvre par touches successives, à des moments différents de leur histoire, et sous des éclairages multiples.

5. La création de types : « Un type est un personnage qui résume en lui-même les traits caractéristiques de tous ceux qui lui ressemblent plus ou moins, il est le modèle du genre. » *(Une ténébreuse affaire.)* Le père Goriot, « Christ de la paternité », Félix Grandet, l'avare, Rastignac, l'ambitieux, Mme de Mortsauf, la femme vertueuse, en sont des exemples.

6. La mise en œuvre de forces puissantes, qui touchent au **mythe** : recherche de l'absolu, énergie, argent, passion, ambition sont les moteurs de l'action humaine, mais la cause aussi de sa destruction. Certains romans, tels que *Séraphita*, prennent une dimension fantastique voire ésotérique qui traduit l'intérêt de Balzac pour les doctrines illuministes.

7. La construction d'un système : l'organisation méthodique de *La Comédie humaine* en fait un ensemble, dont on peut lire isolément chaque fragment, mais qui ne prend tout son sens que dans sa conception globale.

8. L'écriture : malgré une légende encore tenace, Balzac se livrait à un travail de réécriture minutieux. Son style se caractérise par la hardiesse, le volume, la puissance plutôt que par la finesse ou la musicalité.

Pierre Barbéris a parlé, à propos de *La Comédie humaine*, de **« mythologie réaliste »**. Cette formulation rend bien compte du caractère foisonnant, inventif et structuré d'une œuvre unique qui se propose de saisir la réalité à travers la vision personnelle de son créateur.

« Pour le tableau général des œuvres,
voir Balzac, coll. Balises, pp. 25-26. »

Sommaire
d'*Eugénie Grandet*

Nous sommes à Saumur au mois de novembre 1819, dans la maison de Félix Grandet, un ancien tonnelier devenu vigneron. Sa richesse n'a d'égal que son avarice, qui pèse lourdement sur sa femme, sa fille et sa servante Nanon. On fête ce jour-là les vingt-trois ans d'Eugénie en compagnie des Cruchot et des Des Grassins, deux familles amies qui espèrent marier l'un des leurs à la riche héritière, quand survient Charles Grandet, le cousin de Paris. Son charme et son élégance éblouissent Eugénie, mais on apprend bientôt que le père du jeune homme, Victor Grandet, vient de suicider après avoir fait faillite. Charles est effondré. Très vite, Eugénie éprouve pour lui de tendres sentiments, peu à peu partagés. Cependant que Grandet s'emploie à faire fructifier ses propres biens, elle fait don à son cousin de son trésor, une collection unique de pièces d'or, afin de l'aider dans ses projets d'avenir : partir aux Indes pour y faire fortune. Elle reçoit en échange un nécessaire précieux que Charles confie à sa garde durant son absence. Après bien des serments et un baiser, Charles s'embarque.

Deux mois plus tard, au jour de l'an 1820, l'avare demande à voir, comme chaque année, l'or de sa fille. Quand il apprend qu'elle s'en est dépossédée, fou furieux, il l'enferme dans sa chambre au pain sec et à l'eau. Bouleversée par les émotions, Madame Grandet – qui adore Eugénie – s'alite pour ne plus se relever. Elle meurt deux ans plus tard. Cependant, Grandet, par crainte de voir lui échapper l'héritage de sa femme, s'est réconcilié avec sa fille. Eugénie lui abandonne la succession et vit à ses côtés en veillant sur lui. Elle attend en vain des nouvelles de Charles qui n'écrit pas. L'avare initie sa fille à ses affaires, et décline peu à peu, son vice étant devenu une véritable maladie. Il meurt à la fin de 1827.

Un jour, arrive enfin une lettre de Charles, où, hélas, celui-ci annonce à Eugénie son mariage avec Mademoiselle d'Aubrion qu'il n'aime pas, mais qui est noble. Malgré sa déception et sa tristesse, Eugénie règle les dettes de son cousin afin qu'il puisse se marier, lui apprenant du même coup combien elle est riche. Trop tard ! Sa vie est brisée. Elle épouse avec indifférence Cruchot de Bonfons à la condition de ne pas lui appartenir. À la mort de son mari, elle revient dans la maison Grandet et poursuit une existence solitaire en consacrant sa fortune aux œuvres de charité. Elle reprend les habitudes de son père, et vit, malgré sa richesse, comme vivait la pauvre Eugénie Grandet.

Les personnages

Félix Grandet : né en 1749, ancien tonnelier, puis vigneron et maire de Saumur sous le Consulat, il a amassé une fortune grâce à son travail et à son habileté en affaires. Sa richesse n'a d'égal que son avarice. Son amour de l'or deviendra peu à peu une manie et causera le malheur de son entourage.

Madame Grandet : née Mademoiselle de la Bertellière, elle est la fille d'un riche marchand de planches. Elle vit dans l'ombre de son mari, ne trouvant de bonheur que dans la religion et l'amour maternel. Cette femme sacrifiée meurt en 1822, minée par le conflit entre Grandet et sa fille.

Eugénie Grandet : héroïne du roman. Elle est née en 1796, et fête ses vingt-trois ans quand débute le récit. Fille unique et héritière de Grandet, elle a grandi dans l'atmosphère morose de la maison. L'arrivée de son cousin Charles dont elle tombe amoureuse, bouleverse la vie d'Eugénie. Elle lui restera éternellement fidèle, et finira sa vie comme elle l'a commencée, solitaire et économe malgré ses millions.

Charles Grandet : fils de Victor Grandet, le frère du Grandet de Saumur, il a été élevé par ses parents à Paris dans le luxe et l'affection. Une vie mondaine, une maîtresse aristocratique font de lui un jeune homme à la mode. À la mort de son père qui le laisse sans un sou, il partagera un moment les sentiments d'Eugénie. Mais il l'oubliera en faisant fortune aux Indes et, à son retour, épousera une jeune fille laide, mais titrée.

Nanon : recueillie par Grandet à vingt-deux ans, sa fidélité à l'égard de ses maîtres est sans égale. Être fruste mais honnête et dévoué, Nanon est une servante exemplaire. Elle épousera Cornoiller, et restera au service d'Eugénie tout en devenant une bourgeoise respectable.

Les Cruchot : l'un des deux clans qui briguent la main de l'héritière. Composé de maître Cruchot, le notaire, de son frère l'abbé et de leur neveu Cruchot de Bonfons, le prétendant. Président au tribunal de première instance, puis conseiller à la cour royale d'Angers et député de Saumur, celui-ci finira par épouser Eugénie, mais mourra peu de temps après.

Les Grassins : le clan rival de celui des Cruchot. À sa tête, Madame des Grassins, épouse du banquier de Grandet, coquette et intrigante. Elle espère marier son fils Adolphe, jeune homme falot, à la riche Eugénie.

Personnages évoqués

Guillaume Grandet : riche négociant, il a épousé par amour la fille naturelle d'un grand seigneur. La banqueroute de son agent de change entraîne sa faillite. Il se suicide en confiant son fils Charles à son frère.

Annette : type de la grande dame parisienne, elle est la maîtresse de Charles et lui prodigue ses conseils pour faire son chemin dans la société.

Mathilde d'Aubrion : laide et désargentée mais noble, elle épousera Charles Grandet grâce aux intrigues de sa mère et à la générosité d'Eugénie.

Résumés et commentaires

Les numéros de pages renvoient
à l'édition GF-Flammarion.

UNITÉ 1 (pp. 27 à 30)
« L'ancienne Grand-rue de Saumur »

RÉSUMÉ

Nous sommes à Saumur, en Anjou. Tout en haut de la rue qui monte au château, se trouve une maison à l'apparence pleine de mélancolie. Cette rue elle-même semble le témoin d'un passé lointain. Ses façades médiévales racontent l'histoire de la France, des guerres de religion aux révolutions. Les commerces qui occupent le rez-de-chaussée sombre des maisons s'ouvrent directement sur la rue comme au Moyen Âge et proposent leurs marchandises aux passants. Quant aux préoccupations des habitants, elles tiennent à leur négoce : dans un pays de vignes, les vicissitudes du climat sont vitales, et un temps propice à la récolte se mesure en or. Dans cette vie provinciale, point de secrets : chacun sait tout des autres, et nul ne peut échapper à la curiosité et aux commérages. Ainsi, c'est dans un cadre et une atmosphère d'un autre temps que se situe la maison où va se dérouler le récit, la maison de Monsieur Grandet.

Une description en mouvement

Le roman commence par l'une de ces descriptions qui ont tant fait pour la réputation (bonne ou mauvaise !) de Balzac. Les lieux ne sont jamais indifférents, ils sont en relation étroite avec ceux qui les habitent : le mot « physionomie » n'est-il pas employé ici pour parler de la maison (p. 27) ? Ainsi, avant de pénétrer (quelques pages plus loin) dans la maison de Monsieur Grandet, nous découvrons la rue où elle se situe. Plusieurs verbes à la deuxième personne (« Entrez ? », « Vous verrez », « vous apercevez ») sont la marque d'un **discours** qui nous invite à la parcourir à la suite du narrateur, comme si de lecteurs, nous devenions à notre tour visiteurs. C'est l'un des moyens qu'a utilisés Balzac pour rendre vivante cette description. De la même façon, de nombreux procédés stylistiques contribuent à animer et rythmer le texte : des phrases nominales, des questions, des citations, l'emploi du discours direct. La description, donc, loin d'être statique, est **dynamique**.

Le mouvement est donné d'abord par l'organisation du texte. L'auteur commence par évoquer la maison, en insistant sur son aspect mélancolique, puis il élargit la description à la rue, dont il peint l'aspect général, les façades, et les habitants. Il revient ensuite à la maison avant d'introduire le récit. Construction en boucle donc, qui vise à la fois à traduire une impression et des détails.

Ces **détails** sont nombreux, précis, et tous tendent à décrire le plus exactement possible la réalité afin de permettre au lecteur de se la représenter. Les éléments visuels sont introduits par des adverbes (« ici... », « là... », « Plus loin ») qui structurent la description. Des énumérations ponctuent l'énoncé des marchandises proposées aux passants (p. 29). Le texte abonde aussi en éléments auditifs : sonorité du pavé, ou écho des conversations rassemblées en deux expressions imagées au style direct (p. 29). Les odeurs, la sensation d'humidité des salles basses de ces maisons moyenâgeuses ajoutent à l'impression d'obscurité des façades noircies.

Peut-on pour autant parler de réalisme* ? Nous savons que Balzac ne fit qu'un bref séjour à Saumur, et que la description emprunte autant à Tours qu'à la ville où se passe l'action d'*Eugénie Grandet*. La comparaison de l'Anjou – où se situe l'action – avec la Touraine est du reste explicite. Parlons plutôt d'une **réalité recréée**, que le lecteur doit à son tour faire revivre par l'imagination.

Un lieu témoin du passé et de la société

Dès la première page, la rue qui monte au château est présentée comme chargée d'**histoire**. Les maisons médiévales aux bas-reliefs effacés gardent la trace du passé, et ont un intérêt historique et artistique, même si les siècles les ont parfois abîmées. Elles n'en sont que plus vénérables, et riches de sens : « L'Histoire de France est là tout entière » (p. 28). Arrière-plan romanesque, mais idée surtout que les événements et les passions s'inscrivent tout autant dans les choses que dans les êtres.

Pas de rupture, du reste, entre le passé et le présent. La rue donne aussi une image fidèle des mœurs contemporaines et de la **société** de Saumur. L'activité essentielle est le commerce, et ce commerce est celui de la vigne. Tous les métiers évoqués sont en relation avec le négoce du vin, comme le montre l'énumération de la page 29. Au cœur des préoccupations, donc, le profit : ces pages sont émaillées d'allusions à l'**argent** : prix des marchandises du plus petit au plus grand ; variations saisonnières des récoltes ; parler local, où, à travers les métaphores climatiques, se lit encore l'importance de l'or. Le tableau social se complète par une étude des **mentalités** : rien ne peut rester secret, les langues vont bon train, la vie privée se commente en public. Ce trait aura une importance déterminante pour la suite de l'histoire.

Il s'agit bien, par conséquent, d'une « **scène de la vie de province** » : un lieu fermé, où s'est conservée la tradition, où tout se sait, où ce qui compte par-dessus tout, c'est « l'achat, la vente, le profit », mais où la simplicité des mœurs témoigne d'une autre époque (pp. 29-30).

Une atmosphère mélancolique

Le texte, nous l'avons vu, est encadré par l'évocation de la maison de Monsieur Grandet. À deux reprises, Balzac emploie le terme de « **mélancolie** ». Le mot réapparaîtra à la fin du roman (p. 213). Il nous indique dès le début la tonalité du récit. À travers une triple comparaison, la première phrase convoque les lieux de la rêverie romantique par excellence, les cloîtres, les landes, les ruines, adossés à des adjectifs qui en soulignent l'obscurité et l'infinie tristesse. Voilà qui pouvait plaire au public féminin de 1833.

Mais cette évocation a aussi valeur d'annonce, voire d'**image**. La maison où s'écoulera la triste vie d'Eugénie est comparée à un lieu de retraite, de désert et de mort. Le silence et l'immobilité, le passage d'un étranger qui réveille le bruit sec des pavés, c'est déjà, en raccourci, un peu de l'histoire d'Eugénie, comme si les lieux nous disaient à l'avance le destin des êtres. « Cette rêverie machinale » (p. 30) dans laquelle cette rue de Saumur plonge le passant, nous prépare à accueillir l'histoire que va raconter le narrateur.

Ainsi, ce **début de roman**, tout en présentant le cadre du récit en indique déjà la tonalité et les thèmes majeurs. La description des lieux est à la fois une entrée en matière et une préparation à l'action : milieux et personnages sont inséparables dans l'optique balzacienne.

UNITÉ 2 (pp. 30 à 37)
« La biographie de Monsieur Grandet »

RÉSUMÉ

L'histoire de Monsieur Grandet se confond avec celle de sa fortune. Maître tonnelier instruit, il a acquis durant la Révolution des biens du clergé et a épousé la fille d'un riche marchand de planches. Administrateur du district, puis maire, il a su accroître ses biens et protéger ses intérêts tout en ménageant les différents partis politiques. Trois héritages successifs l'ont encore enrichi. Ses vignes produisent le meilleur vin de la région, sa fortune est colossale – bien que personne à Saumur, pas même son notaire, Monsieur Cruchot, ni son banquier, Monsieur des Grassins, n'en connaisse le montant exact. La gestion de ses domaines, son habileté en affaires, sa richesse et son sens de l'économie suscitent l'admiration générale, et en font le personnage le plus respecté de la ville. Son comportement circonspect, son art de l'esquive dans les discussions le rendent redoutable. Son physique trapu, son regard de prédateur, ses vêtements éternellement semblables, tout en lui trahit l'avare qui ne tient qu'à son argent et à sa fille Eugénie, son héritière.

COMMENTAIRE

Point de vue et déroulement

Ce passage possède tout d'abord une **unité** typographique. Il est constitué par un seul paragraphe qui occupe plusieurs pages. Le début et la fin en sont marqués très nettement et, à chaque fois, par une référence à Saumur, soulignant la difficulté de comprendre, voire de connaître vraiment Monsieur Grandet. Cet encadrement met déjà l'accent sur un thème important : le mystère du personnage, entretenu par son goût du secret.

Il éclaire aussi le point de vue qui sera adopté par Balzac pour ce portrait. Récit et description sont menés en **focalisation externe***. Le point de vue adopté, et sans cesse rappelé au cours de ces pages, est celui des Saumurois, avec çà et là une touche d'humour. Le narrateur sera l'interprète de ces mœurs provinciales. Mais nous n'apprendrons rien de plus sur le personnage que ce qu'en savent ses compatriotes. Leur curiosité n'a d'égale que leur fascination qui va jusqu'au fantasme (celui de Grandet se donnant « nuitamment les ineffables jouissances que procure la vue d'une grande masse d'or », p. 33). Il leur inspire estime, respect, admiration et crainte, comme un roi ou un dieu. Présenter Grandet par les yeux des habitants de Saumur permet ainsi d'éveiller l'intérêt du lecteur tout en immergeant le personnage dans son milieu social.

Quant au **déroulement** de cette « biographie », il est significatif. La « biographie » annoncée (p. 30) commence par un historique de la fortune de Monsieur Grandet. Nous ne saurons rien de sa naissance ni de son enfance : son histoire commence avec son ascension et coïncide avec la Révolution. La deuxième partie tente de cerner l'étendue et la composition de sa fortune. Puis l'auteur décrit le comportement de Grandet. Le passage s'achève sur son portrait physique, clairement signalé.

L'**organisation** de ces séquences est à la fois logique et révélatrice de la méthode et des idées de Balzac. L'itinéraire permet de comprendre, sinon de mesurer, la richesse à laquelle seront intimement liés mode de vie et comportement. L'avarice est au cœur du texte. Le portrait physique est l'aboutissement et le révélateur de ce qui précède. L'ensemble s'enchaîne en créant un effet de rapprochement, qui permet au lecteur de se représenter le personnage avant de le voir véritablement en action dans le récit.

Une fortune en expansion

La richesse de Monsieur Grandet n'est pas innée : il l'a acquise patiemment, habilement, saisissant les moindres occasions pour s'enrichir. Balzac nous fait suivre l'édification de cette fortune, en insistant sur les **étapes** essentielles, symbolisées par le changement d'appellatif : le bonhomme Grandet, le père Grandet, Monsieur Grandet. Remarquons que c'est d'abord par son travail que cet homme s'est élevé, pour être en 1789, à quarante ans, un maître tonnelier aisé. Cette date marque le point de départ d'un parcours sans faute. Premier acte : un mariage avantageux, avec une jeune fille riche, qui lui permet – grâce à la dot –, d'acheter des biens du clergé, acte de spoliation, par conséquent, mais cautionné par l'époque. Deuxième étape : il vend aux armées du vin blanc, et se fait payer en terres, initiative habile à une époque où l'assignat perd chaque jour de sa valeur. Notons au passage qu'il sait profiter des circonstances politiques, mais que la politique ne l'intéresse que dans la mesure où elle favorise ses affaires. Troisième étape : le triple héritage dont il bénéficie en 1806. À cela s'ajoutent son génie des affaires, et ses activités d'usurier qui lui permettent de prêter avec intérêt. L'auteur insiste sur son art de la spéculation, et son flair, qu'il s'agisse de climat ou de vente.

En quoi **consiste** cette fortune ? Ici encore, l'auteur nous livre des informations précises, chiffrées et datées. Ces évaluations successives et chronologiques permettent de s'en faire une idée. En 1806, année des héritages, il possède environ cent arpents de vignes (soit plus d'une soixantaine d'hectares) qui lui donnent sept à huit cents pièces de vin, treize métairies, une vieille abbaye et 85 hectares de prairies plantées de trois mille peupliers. À cela, il faut ajouter sa maison de Saumur. En 1811, sa récolte se monte à plus de 240 000 livres ; en 1816, ses biens sont évalués à plus de quatre millions, auxquels il faut ajouter une somme équivalente en revenus accumulés. Ce sont des biens considérables. Cela explique qu'à Saumur, on puisse mettre sa fortune en parallèle avec celle d'un Rothschild ou d'un Lafitte, deux des banquiers les plus importants de l'époque. Bien sûr, il faut faire la part de l'« orgueil patriotique », autrement dit du chauvinisme ! Mais la fortune de Grandet est réelle et solide. Son avarice n'en sera que plus frappante.

Toutefois, Balzac laisse planer un mystère sur le montant exact de cette fortune. Le champ lexical du **secret** ponctue ces pages. De nombreux verbes ou adverbes le renforcent : « présuma », « vaguement », « estimaient », « il était présumable »... Cette incertitude ne peut que profiter à l'avare, qui peut tout laisser croire sans jamais rien livrer. La jouissance secrète de sa richesse est le propre de l'avare. Mais Grandet n'est pas un thésauriseur : il ne se contente pas d'accumuler, il fait fructifier. Il s'oppose en cela aux trois vieillards qui lui ont légué leur argent. Il sait faire circuler son or, pourvu qu'il lui revienne multiplié.

Portrait d'un avare

L'avare possède deux traits principaux : il aime l'argent et ne supporte pas la dépense, toujours synonyme pour lui de dilapidation. C'est-à-dire qu'il aime l'argent pour lui-même, pour le sentiment de puissance qu'il procure, et non pour les biens qu'il permet d'acheter.

Portrait moral, comportemental et physique sont inséparables chez Balzac. Ainsi, **l'amour de l'or et la haine de la dépense** apparaissent-ils à tous les niveaux. « Le métal jaune » se reflète dans les yeux de Grandet, ses cheveux sont « blancs et or », « un manteau d'or » recouvre toutes ses actions aux yeux de ses concitoyens. Il n'achète que le strict nécessaire, se faisant fournir par ses fermiers et ses locataires, allant jusqu'à profiter du garde d'un voisin pour faire surveiller ses bois. Cet homme capable d'audace dans ses affaires, ne recule devant aucune pingrerie quand de petites sommes sont en jeu.

La description des vêtements occupe aussi une place de choix : elle clôt le passage en l'éclairant rétrospectivement ;

l'**apparence extérieure** est pour Balzac révélatrice de l'intériorité du personnage, d'où l'importance accordée au portrait (p. 35). Ainsi, Grandet porte toujours les mêmes vêtements, solides, austères et fonctionnels, dont le gilet aux rayures jaunes rappelle encore la dominante du texte. L'avarice est sa nature profonde, elle s'exprime même dans son physique ramassé, et dans le visage minutieusement décrit qui révèle la concentration de celui qui est en proie à une seule passion : celle de l'or. Elle se lit aussi dans sa réserve et son refus de s'engager : l'auteur, prenant au sens propre l'expression « avare de paroles » nous le montre se limitant à quatre formules, négatives ou évasives qui peignent avec force cet homme qui « semblait économiser tout » (p. 35).

Ce vigneron aux mœurs simples et à l'apparente douceur est également **dangereux**. L'histoire nous le montrera, mais Balzac nous l'annonce déjà à travers plusieurs métaphores animales : tigre, boa, basilic, Grandet tient du fauve et du reptile. Il sait attendre, bondir, déchirer et digérer sa proie. Dernier trait psychologique : ses seuls sentiments vont à sa fille, « sa seule héritière ». L'apposition n'est pas sans sous-entendu.

UNITÉ 3 (pp. 37 à 40)
« Cruchotins et Grassinistes »

RÉSUMÉ

Six personnes ont leurs entrées dans la maison Grandet. Elles forment deux clans ennemis, alléchés par une même convoitise : épouser Eugénie, la riche héritière. Les deux prétendants en titre sont Cruchot de Bonfons, trente-trois ans, président au tribunal, neveu du notaire Monsieur Cruchot, et le jeune Adolphe des Grassins, fils du banquier de Grandet. Chaque clan a ses raisons d'espérer, mais nul ne peut dire avec certitude à qui Grandet mariera sa fille. La question passionne toute la contrée. Chacun sait que l'ancien tonnelier peut viser haut, comme en témoigne sa dernière acquisition, le marquisat de Froidfont qu'il a payé comptant, à l'admiration générale.

Balzac poursuit son travail d'exposition avec la présentation de personnages secondaires, mais importants.

Les partis en présence

D'abord évoqués comme les seuls familiers de la maison Grandet, les six personnages sont très vite dévoilés par Balzac comme des **partis**, dans le double sens du mot, matrimonial et partisan. L'enjeu de la rivalité est précisé à plusieurs reprises : l'héritage de Mademoiselle Grandet. C'est donc de mariage qu'il s'agit, c'est-à-dire de dot et d'argent. Remarquons tout de suite qu'il n'est pas une seule fois question d'amour mais d'intérêt, d'où la vivacité des luttes. La répartition des personnages en deux groupes de trois crée un effet de symétrie, même si apparaît une première différence : trois hommes d'un côté, le neveu et ses deux oncles ; de l'autre, un trio père, mère, fils. De chaque côté, un personnage joue un rôle majeur : l'abbé Cruchot et Mme des Grassins. Leur pouvoir semble s'équilibrer : « ils sont manche à manche », et mènent une politique d'influence assez similaire.

Les prétendants

Ils sont évalués selon deux critères essentiels : la noblesse et la richesse, toutes deux propres à séduire un avare d'origine plébéienne. Ce sont aussi les valeurs dominantes de l'époque, celles qui font « un beau parti ».

Le neveu de Monsieur Cruchot est présenté le premier. Il jouit d'une situation plus assise (président au tribunal de Saumur), il est un peu plus âgé (trente-trois ans), et possède des rentes et des espérances d'héritage convenables. Balzac insiste sur son désir de particule, presque obsessionnel puisqu'il influence même la façon dont il rend la justice, ce qui en dit long sur son sens moral. Ce glissement progressif vers la noblesse s'exprime dans l'évolution de son patronyme : Cruchot de Bonfons, C. de Bonfons, de Bonfons. Le contraste entre les deux noms ajoute une note comique : Cruchot trahit ses origines communes et, comme souvent chez Balzac, un trait de caractère. « Mon neveu est une cruche » ajoutera l'abbé, pour plus de clarté, quelques pages plus loin (p. 50).

La présentation du jeune des Grassins est plus allusive et plus indirecte. Désigné par son prénom, il ne semble pas avoir une personnalité marquante. À deux reprises il est évoqué à travers un regard extérieur, celui de sa mère dont il est le « cher Adolphe », celui des Saumurois qui voient en lui « un bien gentil cavalier ». À cette fadeur de « fils à maman » s'ajoute sa jeunesse. Rien ne permet de savoir ce qu'il pense lui-même de ce mariage. Les qualités de noblesse et de richesse sont du reste attribuées à ses parents (p. 38) ; à travers lui, ce sont eux qui épouseront les millions de Mademoiselle Grandet.

Ainsi la symétrie semble-t-elle légèrement rompue en faveur de Cruchot, comme l'indiquent aussi deux avantages acquis : « ses entrées à toute heure » chez les Grandet, ce qui crée une sorte d'intimité, et surtout la vente du marquisat de Froidfont à Grandet, manœuvre habile pour entrer dans les bonnes grâces de ce beau-père virtuel. D'ailleurs, ce dernier événement est daté, ce qui souligne son importance (p. 39).

La guerre des clans

Toutefois, les jeux sont loin d'être faits. Les prétendants et leurs proches ne sont pas isolés. Ils s'appuient sur des alliés et présentent toutes les caractéristiques d'un **clan** : le groupe est cimenté par des alliances familiales et des intérêts communs. De plus, le banquier et le notaire sont deux personnages-clefs dans une ville de province, puisqu'ils sont dépositaires des secrets et des biens de toute la région. Il peut y avoir entre eux une rivalité professionnelle qui s'ajoute à la situation particulière qui les oppose. Cette lutte pour l'héritage d'Eugénie prend ici la forme d'une véritable **guerre**, illustrée par un champ lexical très fourni : « partis », « alliés », « manœuvres », « champ de bataille », « combat secret », « remportèrent un avantage ». Mais n'oublions pas que cette guerre est forcément feutrée, puisque les deux familles se fréquentent, notamment chez les Grandet.

Balzac n'hésite pas à recourir à des comparaisons **historiques**, avec les Médicis et les Pazzi, deux familles rivales de la Florence du XVe siècle. Cette allusion présente plusieurs intérêts : d'une part, en comparant les Grassins aux Pazzi qui échouèrent contre les Médicis, il laisse entrevoir la victoire des Cruchot ; d'autre part, il donne aux rivalités saumuroises une dimension historique. Véritable microcosme, la ville de province est en quelque sorte un théâtre d'affrontements en réduction. Mais en voyant la médiocrité des acteurs, on peut se demander s'il n'y a pas de la part de l'auteur une touche d'humour presque burlesque dans cette comparaison. Même chose pour le rapprochement entre l'abbé Cruchot, modeste chanoine et Talleyrand, brillant évêque et diplomate qui traita les affaires de la France au plus haut niveau.

Vox populi

La véritable ampleur de la lutte se mesure à l'intérêt que lui portent tous les habitants de la région, « à vingt lieues à la ronde ». Ce combat est « secret » (p. 38), mais tout le monde en parle. Les paris sont ouverts : « Mademoiselle Grandet épousera-t-elle monsieur le président ou Adolphe des Grassins ? ». L'interrogation directe, le futur simple placent le lecteur face à l'alternative. Plus d'un tiers du texte est consacré à l'énoncé des diverses hypothèses, introduites par des groupes sujets qui insistent sur la diversité des opinions : « les uns », « d'autres », « les plus sensés », « ceux-ci », « ceux-là », « les anciens du pays » (p. 38). Les Saumurois forment un véritable chœur, mais un **chœur polyphonique** : ils ne parlent pas tous de la même voix. De nombreux verbes déclaratifs ponctuent le texte et nous font parvenir l'écho des conversations. Une hypothèse en particulier devrait attirer notre attention : celle qui introduit le riche frère de Grandet et son fils. Elle fait l'unanimité des deux clans contre elle !

Ainsi, ce passage illustre les pages introductives du roman : esprit étriqué, commérages, amour de l'or semblent caractériser la vie saumuroise. Il permet aussi à l'auteur de mettre en place la question clef de l'intrigue : Qui Eugénie Grandet épousera-t-elle ? Quant à la principale intéressée, rien ne permet de savoir à qui va sa préférence. En est-il seulement question ?

UNITÉ 4 (pp. 40 à 46)
« La maison à Monsieur Grandet »

RÉSUMÉ

La maison Grandet frappe par sa vétusté et sa tristesse. À la description détaillée de la façade et du porche, correspond celle, non moins précise, de la pièce principale de l'habitation – la « salle » – et de son mobilier. Elle se prolonge par l'évocation de la vie régulière, quasi monastique qu'y mènent Madame Grandet et sa fille Eugénie, existence obscure et parcimonieuse, rythmée par les saisons, dominée par la figure autoritaire du père Grandet. Quant à la grande Nanon, la servante, une fidélité aveugle l'attache à son maître qu'elle sert avec un dévouement sans limites. Elle fait vraiment partie de « la maison à Monsieur Grandet ».

COMMENTAIRE

Une remarque préliminaire s'impose : la première phrase renvoie explicitement à la page 30, comme si tout ce qui précédait – y compris le portrait de Grandet – n'était qu'une longue parenthèse explicative. L'expression « la maison à Monsieur Grandet » insiste donc sur le caractère indissociable du lieu et du personnage, qui dominera toute la description.

La description de la maison (pp. 40 à 43)

Comparons **l'énonciation** dans cet extrait, à celle de l'*incipit*. Cette fois, plus de discours du narrateur s'adressant au lecteur : l'auteur adopte un ton « objectif », celui du narrateur omniscient, dans un récit à la troisième personne, ponctué d'imparfaits descriptifs. La plupart des phrases ont pour sujets des **objets**. Froideur, minutie, immobilité : au premier abord, il s'agit d'un état des lieux tel que pourrait le dresser un huissier, une description réaliste cherchant à rendre compte le plus rigoureusement possible de l'espace évoqué.

L'**organisation** de la description est simple. On va de l'extérieur vers l'intérieur : la voûte et le porche, la porte et sa grille, le jardin entrevu, la salle au rez-de-chaussée de la maison. C'est l'ordre que suivrait un visiteur se rendant chez Grandet. Mais nous y pénétrons comme par effraction, à la suite du narrateur-auteur. La description de la salle elle-même suit un ordre logique : le plancher, les murs et le plafond, puis la cheminée et les meubles. Remarquons au passage qu'ils sont peu nombreux : pas de table, ni de buffet ou d'armoire. Cette pièce est présentée à la façon d'un **décor** : ce sera celui du récit. Pour qu'il se mette à vivre, il faudra attendre l'entrée en scène des personnages.

Enfin, la description frappe par sa **précision**. À la fin de la séquence, apparaît le mot « croquis » (p. 46). Ce terme emprunté au dessin ne doit pas nous tromper. Il n'a pas le sens d'ébauche, mais celui de relevé minutieux : il met l'accent sur l'aspect visuel de l'évocation. On pourrait en effet tracer un plan de la salle avec, par exemple, ses deux fenêtres et la table de jeu, la cheminée faisant face aux deux tableaux, les encoignures aux quatre coins de la pièce. Toutefois, quelle que soit l'abondance des détails, on remarque qu'ils ne sont pas également répartis. Deux éléments du décor retiennent plus particulièrement l'attention par la description minutieuse à laquelle ils donnent lieu : la grille de la porte d'entrée et le manteau de la cheminée. Ils focalisent l'attention du lecteur : faut-il leur accorder une valeur symbolique ? La première renforce la comparaison avec la « geôle » (p. 40), et annonce l'un des thèmes majeurs du roman : celui de l'emprisonnement ; et l'autre fait référence au foyer, un foyer d'où la chaleur est bien absente, à tous les sens du terme. Cette cheminée occupe une place centrale tant dans l'agencement du décor – celui de la description – que dans la vie des Grandet.

Mais l'essentiel de la description balzacienne réside peut-être moins dans l'examen du détail que dans l'analyse de **l'impression générale** qui s'en dégage. C'est essentiellement aux adjectifs qu'est confié ce rôle. La caractérisation dominante est donnée dès la première phrase : « cette maison pâle, froide, silencieuse ». Les adjectifs de couleur sont nombreux : « blanche, noir, brune, rouge de rouille, verdâtre, gris, jauni ». Le gris et le verdâtre dominent (deux occurrences pour chacun de ces mots), créant une impression de malaise. Une expression les rassemble : « couleurs passées » (p. 41), qui souligne aussi la décrépitude des lieux, que renforcent de très nombreux participes passés tels que « vermiculées », « desséchée », « fendue », « effacée ». L'ensemble est vieux, laid, mal entretenu, sombre et froid. Tout l'apparente bien à une prison, dans laquelle on ne peut pas pénétrer, et d'où on ne peut voir l'extérieur qu'au prix d'un effort (les patins de la chaise de Madame Grandet le lui permettent, mais pas le petit fauteuil d'Eugénie).

« Le théâtre de la vie domestique »

Cette expression est appliquée à la « salle », mais on peut l'étendre à l'ensemble de la séquence. Après avoir planté le décor, l'auteur y installe ses personnages. L'action proprement dite n'est pas commencée. Il ne s'agit encore que d'un « **tableau vivant** », c'est-à-dire d'une scène immobile, qui permet au lecteur de se les représenter dans leur cadre. La vie domestique, c'est d'abord quelques scènes de la vie de la famille : d'une part, Grandet qui la réglemente, comme le montrent les verbes « permettait », « faisait éteindre », « distribuait » ; de l'autre, le groupe constitué par Madame Grandet et sa fille, sur lesquelles il fait peser une véritable dictature. Entre les deux, mi-homme, mi-femme, la Grande Nanon. Eugénie et sa mère sont montrées étroitement unies, elles partagent les mêmes activités laborieuses et subalternes – l'entretien du linge –, le même espace, les mêmes privations, la même vie monotone et paisible. Rien ne paraît devoir troubler cette régularité, soulignée par le rythme égal des phrases, et le vocabulaire du temps : « depuis quinze ans », « du mois d'avril au mois de novembre », « le premier de ce dernier mois », « trente et un mars », « printemps », « automne ». Les deux femmes paraissent également soumises. On peut noter cependant que par amour, Eugénie est capable de se priver et de tromper son père (p. 42). Précieuse indication, qui nous montre que Balzac ne néglige rien dans la construction de ses personnages.

La Grande Nanon

Une place essentielle est accordée à **la Grande Nanon**. C'est le deuxième portrait du roman, et sa particularité est d'être inséré dans la description de la maison, comme le montre le paragraphe conclusif de la séquence (p. 46). Ce n'est pas seulement parce qu'elle fait partie de la famille. Elle est, au sens littéral, une *domestique* (du latin *domus* : la maison), une partie de l'habitation au même titre que la porte ou les meubles. Balzac emploie même un verbe terrible : elle « appartenait à Grandet ». D'emblée, ce terme fait de Nanon une esclave. Ses gages sont minimes, ses seuls présents sont les vieilles chaussures de son maître, et sa vieille montre. Elle se nourrit de peu et couche dans une « espèce de trou ». Son physique de « grenadier de la garde » et sa très haute taille (environ 1,83 m, alors que Grandet mesure 1,62 m) annonce le trait dominant et paradoxal du passage : son dévouement à son maître, qu'elle vénère comme les soldats de l'Empire vénéraient Napoléon. Le rappel de son passé misérable explique en partie sa reconnaissance. Mais le texte va plus loin : la figure organisatrice du passage est **l'image du chien**. Elle rassemble toutes les caractéristiques du personnage : soumission, dévouement aveugle, fidélité, dépendance. La métaphore de la chaîne, employée à plusieurs reprises, complète la peinture de sa **relation avec Grandet** qu'elle éclaire d'un jour mystérieux : des liens ambigus les unissent, comme le montrent des expressions telles que « regard indéfinissable », « je ne sais quoi d'horrible », « atroce pitié d'avare ». La servante s'identifie à son maître, elle veille sur ses biens, elle vit à travers lui, elle a même fini par lui ressembler puisqu'elle partage son trait majeur : l'avarice. Ce portrait de la Grande Nanon est l'un des plus saisissant du roman, et il inspira en partie à Flaubert celui de la servante Félicité dans « Un cœur simple ».

Pour conclure, soulignons le **choix qu'implique toute description du réel**. En se limitant explicitement à celle de la « salle », Balzac nous rappelle qu'il ne s'agit pas de tout décrire, mais de sélectionner, d'ordonner, de caractériser un certain nombre d'éléments qui permettront au lecteur de reconstituer l'ensemble. Ces pages nous l'ont montré.

UNITÉ 5 (pp. 46 à 57)
L'anniversaire d'Eugénie

RÉSUMÉ

Nous sommes en novembre 1819, le jour de l'anniversaire d'Eugénie. Comme chaque année, son père lui a offert une pièce d'or qu'elle devra ajouter à la collection qu'il lui constitue. Mais, pour la première fois, il est question en famille du mariage de la jeune fille, qui fête ses vingt-trois ans. Tandis que Grandet répare lui-même une marche du vieil escalier qui a fait trébucher Nanon, Cruchotins et Grassinistes se présentent à tour de rôle. Le président offre un bouquet de fleurs, mais c'est son rival, le jeune Adolphe, qui marque un point grâce à la prévoyance de sa mère : il fait don à Eugénie d'une boîte à ouvrage, en réalité sans valeur, mais qui éblouit l'innocente héritière. Une partie de loto s'engage, au milieu des plaisanteries et des rires qui masquent mal les intérêts sordides des deux clans, quand, soudain, on frappe violemment à la porte. Quel est ce visiteur nocturne auquel Grandet va ouvrir ?

COMMENTAIRE

Aspects de la narration

Après une longue exposition – dix-huit pages dans notre édition –, voici le **début du récit** proprement dit. Les indicateurs en sont nets, et replacent l'action dans le temps : année, mois et moments de la journée sont précisés. L'emploi du **passé simple** à des moments clés de la séquence permet d'en suivre les jalons : « la Grande Nanon alluma le feu « (p. 46) ; « Mademoiselle se mariera [...] », **dit** la Grande Nanon (p. 47) ; « Après ce dîner [...], Nanon alla chercher... » (p. 49) ; « ... les trois Cruchot frappèrent à la porte » (p. 50), « ...un coup de marteau retentit... » (p.55). Il marque également les différents moments du récit : le début de la soirée, l'incident de l'escalier, l'arrivée des invités, le visiteur inconnu.

Mais ces séquences ne forment pas un récit continu : celui-ci est interrompu, suspendu à plusieurs reprises. Examinons ces **suspensions** : la première (pp. 46-47) est constituée par un retour en arrière, et l'évocation du « trésor » d'Eugénie. La deuxième l'est par un portrait détaillé de Madame Grandet (pp. 47 à 49), le pendant de ceux de son mari et de la Grande Nanon. Il met l'accent sur son physique ingrat, sa soumission et sa bonté. Le terme d'« ilotisme » insiste sur une dépendance proche de l'esclavage. La troisième interruption, beaucoup plus courte, introduit le portrait de Mme des Grassins (p. 52). La quatrième est un commentaire du narrateur (p. 55) qui intervient pour porter un jugement sur la scène décrite. Quatre interruptions dans le fil du récit en une dizaine de pages, c'est beaucoup pour les amateurs d'action ! Intrusion de la description et du commentaire au cœur du récit, imbrication de ces trois modes de narration : nous avons un exemple de l'écriture balzacienne. La cohérence de l'univers de Balzac se trouve dans ce **passage constant du descriptif au narratif, du narratif à l'explicatif**. C'est ce qui en fait la richesse, et pour certains, il faut bien le reconnaître, la pesanteur.

Une « scène tristement comique »

Cet oxymore * (p. 55) est une indication précieuse sur la signification que l'auteur a voulu donner au passage. L'aspect comique saute aux yeux : il s'agit d'une **satire des mœurs provinciales**, dans ce qu'elles ont de plus étriqué, de plus routinier. Toute la séquence insiste sur le rituel de « ce jour de fête bien connu », un rituel sans grandeur. Rien ne paraît devoir en modifier le déroulement. Les Cruchot peuvent calculer l'heure à laquelle s'achèvera le dîner des Grandet, reconnaître un étranger à la façon dont il frappe à la porte et deviner d'où il vient d'après l'heure de la diligence : temps et événements ne peuvent que concorder selon un rythme immuable. La fête elle-même s'apparente à une catégorie aussi répertoriée et prévisible que le quotidien. Aucune surprise ne semble pouvoir surgir dans cette vie monotone.

Les personnages, à l'exception de l'héroïne qui n'a pas encore été décrite, sont tous disgracieux ou **ridicules**. Madame Grandet ressemble à un coing, le président à un grand clou rouillé, Mme des Grassins à une « rose de l'arrière-saison » – métaphore précieuse dont l'humour est ici souligné par une phrase à l'ironie flaubertienne esquissant, en quelques mots, le portrait d'une coquette de province : « Elle se mettait bien, faisait venir ses modes de Paris, donnait le ton à la ville de Saumur et avait des soirées. » (p. 52). Quant à l'abbé, sa figure est celle d'« une vieille femme joueuse », comparaison péjorative s'il en est. Tous sont fanés et jaunis, à l'image du décor.

À ces traits descriptifs, s'ajoutent les **bons mots** prêtés aux acteurs de la scène. Le moins qu'on puisse dire, c'est que ceux-ci ne brillent pas par leur esprit ! Jeux de mots que personne ne remarque : « Charbonnier est maire chez lui », à la place de maître ; tautologie à prétention comique : « tous les ans douze mois » ; plaisanterie ressassée par Grandet ou compliment appuyé comme celui de l'abbé à Eugénie ; ou gaffe du jeune Adolphe, vite réprimandé par sa mère. Tout ceci sent la répétition, la complaisance vaniteuse, la lourdeur. La bourgeoisie provinciale selon Balzac est à l'opposé de ce qu'on appelle « l'esprit », donc du salon parisien et aristocratique.

Enfin, les relations des personnages sont mesquines et intéressées. Il ne faut pas l'oublier, les Cruchot et les Grassins sont chez Grandet pour ses millions. Des pièces d'or offertes par l'avare à sa fille – ce n'est que « mettre son argent d'une caisse dans une autre » et non de la générosité – au jeu de loto où la plus grosse somme jamais gagnée est de seize sous, **l'argent** est au centre du texte. Ne nous méprenons pas, c'est lui le véritable objet du désir, et non la jeune fille. La conversation cynique entre Grandet et l'abbé en témoigne, tout comme la jubilation secrète du vigneron en voyant ces notables courtiser ses écus. Car Grandet est lucide, et sait tirer profit de la situation. Il est le grand manipulateur de la scène ; c'est en lui que s'incarne « le seul dieu moderne auquel on ait foi, l'Argent » (p. 55). La majuscule en fait une allégorie, et étend l'étude d'un milieu à celle d'une époque. Ainsi, Grandet n'est-il plus seulement un personnage mais un **type**, c'est-à-dire un personnage dans lequel « convergent et se rencontrent tous les éléments déterminants, humainement et socialement essentiels, d'une période historique » (Lukacs). On voit aussi comment, dans ce passage, l'auteur intervient sous la forme du narrateur omniscient, pour porter un jugement sur la scène tout en l'éclairant.

Car si elle est « tristement » comique, c'est qu'elle se joue à l'insu de la principale intéressée, si l'on ose dire, puisque Eugénie est, avec sa mère et Nanon, la seule **désintéressée**. Cette opposition court à travers toute la séquence, sous la forme de deux champs lexicaux : celui du profit et celui de la pureté (p. 51). Le registre est celui de la morale, mais l'héroïne n'en est pas grandie pour autant. Son innocence ne repose que sur l'ignorance, et non sur un choix quelconque : « Eugénie et sa mère [...] n'estimaient les choses de la vie qu'à la lueur de leurs pâles idées, et ne prisaient ni ne méprisaient l'argent. » Remarquons le pessimisme de Balzac qui étend à la condition humaine l'aveuglement d'Eugénie. L'ironie de la Providence fait de la riche héritière la dupe ravie de marques d'intérêt qui ne s'adressent pas à elle. Cette ironie, c'est celle du tragique, et elle ne tardera pas à se manifester de façon plus cruelle encore.

On comprend dès lors l'effet de surprise créé par l'arrivée nocturne du voyageur inconnu, et la curiosité qu'elle suscite. Ce coup brutalement frappé à la porte constitue le premier **coup de théâtre** du roman.

UNITÉ 6 (pp. 57 à 77)
Le cousin de Paris

RÉSUMÉ

Le visiteur étranger n'est autre que le jeune Charles, neveu de Grandet. Cet élégant parisien, type même du dandy, est bien surpris par les lieux et l'assemblée qu'il y trouve, s'attendant à quelque riche demeure provinciale et à une société choisie comme celle qu'il fréquente à Paris. Tout fait de lui un jeune homme à la mode, créature insolite et ridicule à Saumur. Mais Eugénie est éblouie, et elle s'active pour préparer la chambre de son cousin le plus confortablement possible. Cruchotins et Grassinistes, qu'inquiète l'arrivée de ce rival, concluent une alliance tactique. Ce qu'ils ne savent pas, c'est ce que contient la lettre que Victor Grandet a adressée à son frère Félix : il est ruiné, et lui confie son fils. Le jeune Charles n'a plus un sou, mais ne le sait pas. Les visiteurs partis, les Grandet montent se coucher, et l'étonnement de Charles augmente en découvrant le dénuement de l'escalier et de sa chambre.

COMMENTAIRE

« Un paon dans quelque obscure basse-cour de village »

Difficile de ne pas remarquer l'humour de ce passage, marqué par le **contraste** entre deux mondes, parfaitement étrangers l'un à l'autre. Charles est présenté comme une créature exotique, comparé à une girafe ou un phénix selon le regard qu'on porte sur lui. Sa vanité naïve et son élégance recherchée lui valent d'être au centre de toutes les attentions, et d'éveiller chez les uns la moquerie et la méfiance, chez les autres (Eugénie, mais aussi Nanon) une adoration immédiate. Tout le texte est donc orienté, comme les yeux et les oreilles des assistants passés au deuxième plan, vers lui. Le long portrait des pages 58 à 60, est suivi de celui des Cruchot et de leur réaction, de celle d'Eugénie (p. 61 à 64), puis des manœuvres d'approche de Mme des Grassins. Le seul à ne pas regarder Charles est Grandet, occupé à lire une lettre qui lui en apprend bien plus sur lui. Comme le paon, Charles fait la roue. Ce qu'il ignore, c'est qu'il va perdre ses plumes.

Balzac s'est amusé à dépeindre ce jeune **dandy**, d'autant plus remarquable qu'il est complètement déplacé dans ce cadre. C'est un sujet qu'il connaît bien : depuis quelques années, mène lui aussi une vie mondaine, avec des prétentions à l'élégance. Ces « enfantillages » de Charles inspirent donc une certaine indulgence à l'auteur. Le jeune homme n'est vraiment ridicule qu'aux yeux de ces bourgeois, eux-mêmes ridicules : une leçon d'ethnocentrisme en quelque sorte.

Toutes les caractéristiques superficielles du dandysme se lisent dans le portrait de Charles. D'abord, l'importance de l'**apparence**. On sait l'intérêt que l'auteur d'une *Physiologie de la toilette* accorde au vêtement. Pour Balzac, l'habit fait le moine. Il est naturel que parmi les « cargaisons de futilités » que contient la malle de Charles (notons l'opposition plaisante du léger et du lourd), se trouvent essentiellement des parures. Énumérations et pluriels en soulignent l'abondance et la variété. Aucun détail n'est laissé au hasard, et sa « cravate de satin noir combinée avec un col rond » contraste avec la négligence dont témoignent les cravates nouées en corde des Cruchot : « Par la cravate, on peut juger celui qui la porte », écrit Balzac dans le texte cité plus haut. Le résultat de ce perfectionnisme est résumé en un mot : « Adorable » (p. 60). Ce synonyme de « charmant », « exquis », sera à prendre, pour Eugénie, au pied de la lettre : digne d'être adoré.

Deuxième trait du dandysme : le sentiment de **supériorité**. Chez Charles, il s'appuie sur la fortune, les relations mondaines, l'amour d'une maîtresse aristocratique, et le parisianisme. Les mots « Paris » ou « Parisien » reviennent une vingtaine de fois dans ces pages. Charles est même nommé à plusieurs reprises « le » Parisien et l'article défini fait de cette origine géographique une essence, clef de sa supériorité sur les provinciaux ; ainsi : il est « tomb[é] » en province, image dévalorisante. Son désir d'éblouir s'exprime par une série de superlatifs (p. 59) mais aussi par son attitude à la fois courtoise et insolente. Bref, Charles est un « jeune homme à la mode » : tout n'est-il pas dit ? Aux valeurs solides qui sont celles de la province, il oppose celles de la futilité et de l'éphémère, de la dilapidation aussi. Comme la mode, Charles passera, et coûtera cher.

La naissance de l'amour

Pour plagier Flaubert, on pourrait écrire, à propos des sentiments d'Eugénie à la vue de son cousin : « Ce fut comme une **apparition** ». Les « furtifs regards » de curiosité vont vite laisser place à une adoration quasi mystique, qui s'adresse à une créature unique, telle qu'Eugénie n'en a jamais contemplé. Pour cette jeune fille dévote, Charles s'apparente tout naturellement à un ange, ou à un être céleste. Son admiration est absolue, totale, qu'il s'agisse de ses manières, de sa mise, ou de sa beauté. Mais les émotions qu'il éveille en elle n'ont rien de désincarné : tous les sens d'Eugénie semblent sollicités, comme l'indiquent les verbes de la page 61. Sa fascination va de pair avec l'éveil de sa **sensualité**, qui s'attache aussi bien aux parfums de la chevelure de Charles qu'au mouchoir brodé dont il se sert. Cette « fine volupté » est à la fois une découverte et un oubli de soi. Cet oubli va jusqu'au désir d'être l'autre – « Elle enviait les petites mains de Charles, son teint, la fraîcheur et la délicatesse de ses traits. » –, dans une contemplation fusionnelle et émerveillée, source d'un plaisir inconnu pour cette recluse. Le prince charmant qui fait rêver Cendrillon peut n'être pour les autres témoins qu'un « mirliflore » ; pour Eugénie, il est la figure même du désir. Elle ira jusqu'à interrompre ses prières pour s'exclamer avec ferveur : « Sainte Vierge ! qu'il est gentil mon cousin » (p. 62).

Cet éblouissement se manifeste par une **énergie** débordante. Cette ravaudeuse immobile sur sa petite chaise, voici qu'elle se lève, court, déplace les objets, et surtout les habitudes. Toutes les phrases du long paragraphe des pages 62 et 63 ont Eugénie pour sujet grammatical, et multiplient les verbes d'action et de déclaration. Elle semble être partout, avoir réponse à tout : aucune objection ne tient face à sa détermination, elle est même, pour la première fois de sa vie, capable d'humour ! Comment l'esprit vient aux filles... Bref, Eugénie agit en maîtresse, prête déjà à braver les interdictions paternelles.

Elle n'est pas pour autant consciente des sentiments qui l'agitent. Eugénie n'est pas Emma Bovary. Elle n'a pas lu de romans, elle est dans l'ignorance de ce qui se passe en elle. Ce « poignant désir d'inspecter la chambre de son cousin », elle le prend pour un louable souhait de rendre service à sa mère et à Nanon. Cette ruse du désir chez une jeune fille ignorante est soulignée par Balzac. Le lecteur est témoin de ses émois avant qu'elle n'en soit avertie : « Eugénie se croyait déjà seule capable de comprendre les goûts et les idées de son cousin. » Le verbe et l'adverbe viennent exprimer la naïveté et la force de son sentiment. Les détails de ses arrangements domestiques prouvent qu'elle a déjà compris l'essentiel, le besoin de raffinement de Charles, même si l'idée qu'elle s'en fait est encore bien loin de la réalité. C'est une véritable révolution qui se fait en elle, commentée plaisamment par le narrateur : « Il lui avait surgi plus d'idées en un quart d'heure qu'elle n'en avait eu depuis qu'elle était au monde ! » Or, ce jour de novembre est celui de la **naissance** d'Eugénie. À deux reprises, le mot est employé au sens d'anniversaire. Mais l'arrivée de Charles lui donne une nouvelle signification : dans cette effervescence se lit la promesse d'une autre naissance : « pour la première fois de sa vie, Eugénie rêva d'amour » (p. 77).

La lettre (pp. 66 à 69)

Elle constitue d'abord un coup de théâtre dont les effets se feront sentir le lendemain. Pour l'instant, seuls Grandet et le lecteur sont informés du drame survenu au père de Charles. L'effet **dramatique** est renforcé par l'ignorance des autres personnages, en particulier Charles, et par le silence observé par Grandet. Une antithèse – « il cacha ses émotions et ses calculs », p. 69 – laisse entendre que les seconds prennent le pas sur les premières. Cette froideur et cette dissimulation, le mystère qui plane sur ses intentions cadrent avec le personnage tel qu'il a été décrit.

Cette attitude forme un violent contraste avec le ton **pathétique** de la lettre. Tous les éléments du drame bourgeois s'y retrouvent : la faillite de l'honnête commerçant, la fille naturelle d'un grand seigneur, le désespoir, le suicide. L'amour paternel – l'un des grands thèmes balzaciens – y est orchestré dans cette tonalité à travers le lexique de l'affectivité, les hyperboles et le vocabulaire emphatique, les exclamations, les serments et les malédictions. Victor-Ange est bien l'exact opposé de son frère Félix : aimant, expansif, honnête, ruiné.

« Sois un père pour lui, mais un bon père », écrit le malheureux à son frère : cette exhortation se teinte alors d'ironie tragique pour qui connaît la suite du roman.

UNITÉ 7 (pp. 77 à 84)
Eugénie, portrait d'une jeune fille en fleur

RÉSUMÉ

Le lendemain matin, Eugénie se lève de bonne heure. Elle fait sa toilette avec soin, mais en fille simple qui n'a jamais songé à plaire. Elle contemple ensuite longuement le jardin auquel elle découvre de nouveaux charmes sous le soleil d'automne. Puis, se tournant vers son miroir, elle se regarde d'un œil sévère, persuadée qu'elle ne pourra jamais plaire à son cousin. Certes, sa beauté vigoureuse manque peut-être de finesse, mais elle frappe par sa noblesse et sa pureté. Sa physionomie en fait un modèle d'harmonie et de douceur chrétienne, et pourrait rivaliser avec les plus grands chefs-d'œuvre de la statuaire ou de la peinture. En attendant le réveil de Charles, Eugénie rejoint Nanon, qui, conquise elle aussi par le jeune homme, parvient à arracher à Grandet de quoi cuire une galette en son honneur.

COMMENTAIRE

Le stade du miroir

Seule parmi tous les personnages, Eugénie n'a pas encore été décrite. Quelques mots malveillants ont été prononcés à son propos par Madame des Grassins, c'est tout. Balzac a choisi d'insérer le portrait de l'héroïne dans un moment et un lieu bien particuliers qui lui donnent une valeur supplémentaire. Contrairement à celle des autres personnages, la description de la jeune fille est intégrée au récit tout en l'isolant. Elle est organisée selon un triple jeu de miroirs.

Elle est seule, et c'est son **image réfléchie** dans le miroir que le romancier nous donne à voir. Cette solitude, ce regard qu'elle jette sur elle-même pour la première fois sont animés par la découverte toute neuve de ses sentiments. Elle ne se regarde que parce qu'elle l'a vu, lui. Ainsi, c'est par les yeux de Charles qu'elle essaie de se voir ; pour la première fois, elle souhaite non seulement paraître « à son avantage » (p. 78), mais aussi paraître, tout simplement. Charles est à la fois la référence et l'arbitre ; elle se compare à lui (ses mains, ses ongles), et ne peut que douter, se dévaloriser. Le portrait est donc encadré par deux incises au style direct : « Je ne suis pas assez belle pour lui » (p. 79), « Je suis trop laide, il ne fera pas attention à moi » (p. 81). Dans ce regard critique jeté sur elle-même, dans cette incapacité à se juger autrement que par rapport à ce qu'elle suppose de l'homme aimé, dans ce **doute** fondamental à être simplement *vue*, se lit toute la cruauté du sort de la femme qui n'a pas encore accédé au rang de sujet. Ce portrait réfléchit donc tout autant l'attitude de la jeune fille face à l'amour, que ses traits physiques.

Du reste, le romancier intervient pour corriger cette image : « La pauvre fille ne se rendait pas justice » (p. 79). Il va invoquer d'autres miroirs, les plus remarquables à ses yeux d'artiste : **des tableaux et des sculptures**. La Vénus de Milo, le Jupiter de Phidias et les madones de Raphaël constituent des représentations esthétiques contrastées : beauté sculpturale, païenne et puissante, presque masculine, d'un côté ; idéal chrétien et pureté divine, de l'autre. L'une se rattache aux origines bourgeoises (c'est-à-dire non aristocratiques) et au physique robuste de la fille de vigneron, l'autre aux sentiments qui l'animent. La beauté d'Eugénie n'est donc perceptible qu'aux artistes, et elle eût été digne d'un des plus grands peintres de la Renaissance : Charles sera-t-il capable de la déceler ?

Enfin, au cœur même du texte, se trouve tendu un autre miroir : **le jardin**. Celui-ci, Eugénie est capable d'en deviner la beauté inédite, celle d'une matinée d'automne ensoleillée. Ici encore, c'est à travers son regard que nous en suivons la description, différée tout comme l'a été le portrait de l'héroïne. Ce lieu jouera un rôle particulier dans les amours de Charles et d'Eugénie. Remarquons qu'elle le contemple de sa chambre située à l'étage, ce qui lui permet de l'embrasser tout entier. Comme pour le portrait, le texte suit deux étapes : d'abord l'aspect négligé et désolé, appuyé sur un champ lexical très riche (« solitaire, inculte, flétris, noirâtres, brunes, disjointes, ensevelies, rongées, pourri, vétusté, rabougris », p. 78) qui rappelle celui utilisé pour la maison, puis la métamorphose opérée non seulement par le soleil, mais surtout par le regard nouveau qu'y jette Eugénie. La deuxième partie du texte fait du jardin le **miroir des états d'âme** de la jeune fille, de façon très **romantique** : « [...] les harmonies de son cœur firent alliance avec les harmonies de la nature ». Comme la nature, la jeune fille sent fondre « le glacis » qui enveloppait son cœur, et se dilate au soleil de l'amour.

La jeune fille en fleur

Rien d'étonnant, par conséquent, à ce que ces pages soient tissées d'une double métaphore : celle de la lumière et celle de la fleur. Ces métaphores circulent de la description du jardin à celle de la jeune fille, constituant un seul **réseau poétique** : celui de l'éveil de la nature.

Ainsi, la première phrase de la séquence (p. 77) : elle exprime cette idée comme une vérité générale, presque physiologique, mettant en relation la chaleur du soleil et les palpitations du cœur qui s'éveille à l'amour. Deux relatives soulignent le parallèle, repris dans la phrase suivante par l'anaphore* des circonstancielles de temps, et s'achève dans le parallélisme de l'interrogation rhétorique : l'amour est une « fécondance », il est le signe même du puissant instinct de vie qui anime toute la création. Cette **lumière** qui naît dans le cœur d'Eugénie baigne aussi le jardin, elle jaillit de ses yeux gris, elle auréole son visage de madone, elle illumine l'avenir. Elle a pour corollaire la pureté, dont le champ lexical parcourt le texte, de l'eau fraîche de la toilette au « jour pur » qui se lève et à l'innocence qui habite la jeune fille, reflet de « la céleste pureté de Marie » qui va de pair avec le sentiment chrétien d'Eugénie. L'auteur insiste sur cette dimension religieuse de la beauté, faite de pudeur, de calme et d'amour.

Les images empruntées au registre **floral** complètent le portrait. Sur le pan de mur, poussent « fleurs pâles » et « clochettes » bleues. Le visage d'Eugénie est comparé à une « jolie fleur éclose ». Une dernière métaphore la montre à peine sortie de l'enfance, cueillant non les roses, mais « les marguerites » de la vie : fleurs simples, fleurs des champs, jaunes et blanches, comme le soleil, et comme l'innocence. On comprend que la douce Eugénie ait pu servir de modèle aux jeunes filles du dix-neuvième siècle... Vigoureuse et enfantine, fraîche et pure, elle semble s'éveiller d'un long sommeil. Hélas, ce n'est pas le soleil du printemps qui brille ce matin-là, mais celui, bien trompeur, d'un bel automne...

« Les palpitations du cœur »

Le personnage serait bien fade, si on n'y devinait pas la face secrète de ses émois. La rêverie dans laquelle s'absorbe Eugénie est faite d'un « vague désir » auquel répond un « plaisir vague, inexplicable ». Ce **vague de la passion**, c'est aussi celui de l'inconnu. Si certaines de ses émotions rappellent celles de l'enfance, c'est qu'elle ne les a pas encore mises en mots. Elle est traversée de sentiments contradictoires, qui chez cette fille calme, presque placide, sont comme autant de révolutions. D'abord la rêverie contemplative et béate ; puis, brusquement, « de tumultueux mouvements d'âme »(p. 79) qui la conduisent à se lever pour interroger le miroir avec inquiétude. Un peu plus tard, la voici qui court vers Nanon, puis se sauve dans le jardin en entendant son père, avant de marcher « à pas précipités » en découvrant avec volupté le bonheur de respirer et de vivre (p. 81). Ses gestes trahissent le **désordre** de ses sentiments. Elle est assaillie par le besoin de les cacher à son père, la peur et la culpabilité, tout comme par le « besoin passionné de faire quelque chose » pour Charles. Il y a en elle une effervescence, un trop-plein de vie qui jaillit enfin, comprimé par des années de réclusion, d'économie, d'obéissance. Il a suffi d'un beau jeune homme pour que « les penchants naturels de la femme » s'éveillent : Eugénie a grandi.

UNITÉ 8 (pp. 84 à 92)
Promenade matinale

RÉSUMÉ

En attendant le déjeuner du matin, Grandet propose à sa fille de l'accompagner dans sa promenade au bord de la Loire. En réalité, il s'agit d'une visite d'inspection à laquelle se joint Cruchot, avide de glaner quelque information. Grandet, une fois de plus, fait la démonstration de ses talents spéculatifs et explique au notaire la meilleure façon de rentabiliser des terres fertiles : en les consacrant au foin plutôt qu'aux peupliers, qui mettront plus de temps à repousser une fois coupés et seront donc d'un moins bon rapport. Mais il lui apprend surtout, sans donner la moindre explication, qu'il n'a aucune intention de marier sa fille à son neveu. Les espérances d'Eugénie s'écroulent. Ce n'est que plus tard, une fois rentrés chez eux, qu'elle apprendra brutalement la nouvelle de la mort de son oncle, et de la ruine de son cousin. Son désespoir, compris par sa mère, cède bientôt la place à une activité fébrile : Eugénie s'emploie à préparer le déjeuner du malheureux Charles le plus somptueusement possible, bravant les interdictions de son père.

COMMENTAIRE

Leçon de choses (pp. 85 et 86)

Voici le premier exemple concret qui nous soit donné du génie des affaires de Grandet. Il n'est pas indifférent qu'il ait un **cadre rural**, et un notaire pour témoin. En effet, c'est d'abord dans son élément d'origine que triomphe Grandet : la terre. Nous le verrons au cours du roman se lancer dans des affaires plus complexes et plus éloignées du cadre provincial : la spéculation boursière, par excellence citadine et parisienne. Nous n'en sommes pas là. Le raisonnement de Grandet, dans ces deux pages, tout paysan intelligent pourrait théoriquement le mener. Grandet le tient *in situ*, ce qui permet au lecteur d'en suivre imaginairement les conclusions. C'est donc un tableau (les « magnifiques prairies », la Loire) tout autant qu'une scène, avec son personnage principal (Grandet), ses personnages secondaires (Cruchot, Eugénie) et ses figurants (la trentaine d'ouvriers qui s'affairent, et Jean, chargé d'arpenter). C'est enfin un dialogue, où nous mesurons l'habileté de Grandet ainsi que sa richesse.

Cette **richesse** s'évalue à la fois en superficie et en rendement. Chaque peuplier occupe 32 pieds, soit environ 10,5 m. À la place des trois cents peupliers, qui occupaient donc environ 3110 m, il aurait pu produire du foin, renouvelable chaque année. En quarante ans, temps nécessaire à la croissance des peupliers, le foin rapporterait donc beaucoup plus, surtout si on y ajoute les intérêts. Ce qui nous intéresse ici, c'est le mode de raisonnement de Grandet, qui ne repose pas sur le rapport immédiat, mais prend en compte **la durée**. Grandet ne pratique pas l'économie du bas de laine, il sait innover : il est tourné vers l'avenir et non vers le passé, c'est sa force. Un trait cependant trahit l'avare, et la rouerie de celui qui veut s'enrichir sans rien débourser : Grandet plantera bien des peupliers, mais dans l'eau, qui appartient au domaine public. Il gagnera donc sur tous les tableaux !

Mais Grandet montre aussi son habileté par la façon dont il mène sa **démonstration** : le bégaiement dont le portrait nous a appris le caractère factice conduit son interlocuteur à intervenir pour lui faciliter la tâche. La conclusion paraîtra d'autant plus éblouissante au notaire, qu'il la formule lui-même, et qu'elle brille par son évidence : « Cela est clair : les peupliers ne doivent se planter que sur les terres maigres » (p. 86). Cette évidence est le propre du génie.

Père et fille

Dans ces pages se dévoile aussi la relation qu'entretiennent le père et la fille à ce moment du récit. Elle est tout entière dominée par Grandet, dont on a déjà vu l'autorité sur sa maison. Cette **autorité** se manifeste d'abord dans le ton qu'il utilise pour s'adresser à elle. Une phrase laconique et brutale pour lui apprendre la mort de son oncle (p. 88), puis une question sévère devant ses larmes (p. 89), enfin un conseil qui ressemble fort à une mise en garde, joignant dans une même phrase le tutoiement et une formule plus cérémonieuse qui se teinte d'ironie : « Mademoiselle Eugénie ». Il semble ne rien comprendre, ne rien sentir. Son pouvoir est celui du chef de famille qui peut seul décider de l'avenir de sa fille, et sa toute-puissance garantie par le code civil se double d'une brutalité latente : Madame Grandet craint ses coups, Eugénie ses regards de « tigre affamé ».

Aussi sa réponse à Cruchot ne s'embarrasse-t-elle pas de nuances : « J'aimerais mieux jeter ma fille dans la Loire que de la donner à son cousin ». Le verbe « donner » est assez parlant (p. 86). Il semble faire si peu de cas d'Eugénie que celle-ci s'interroge sur son « sentiment paternel ». Il ne prend pas la peine de lui expliquer les raisons de ce refus, et paraît tout juste s'apercevoir de sa présence durant la première partie de la promenade à laquelle il l'a lui-même conviée.

Autorité, indifférence, cruauté ? Pas seulement. Nous le verrons tout au long de cette étude, la relation qui unit et désunit le père et la fille Grandet est bien plus complexe. Nous en avons ici un aperçu. N'oublions pas qu'Eugénie est le seul être qui compte réellement pour lui (*cf.* p. 37). Une **certaine affection** apparaît dans le baiser du matin et dans l'invitation à venir se promener avec lui. Sans doute s'agit-il d'une démarche utilitaire et pédagogique : la leçon, à laquelle Eugénie, tout à sa contemplation romantique du paysage, se montre bien indifférente, est censée lui être profitable. Elle est sa seule héritière, il faut donc lui apprendre à gérer ses futurs biens, comme on lui enseigne la valeur de l'or à chaque anniversaire, ou celle de l'épargne en toute occasion. De la même façon, l'amour se mesure pour Grandet au **prix** qu'il attache à sa fille : il est donc hors de question de remettre ce trésor (et la fortune dont elle héritera) aux mains d'un « mirliflore », ruiné qui plus est. Ainsi sous la sévérité et la brutalité se cache aussi la sollicitude maladroite, et finalement cruelle, d'un père qui ne veut que le bien de sa fille – les deux sens du terme (matériel et moral) ne faisant qu'un pour lui.

Mère et fille

De façon symétrique, Balzac nous montre les liens qui unissent Eugénie et Madame Grandet. L'image qui est donnée, celle des sœurs siamoises (p. 90), tient moins à la ressemblance qu'à la similitude de leur situation. Elle est soulignée par la triple répétition de l'adverbe « ensemble ». Cette intimité de tous les instants entraîne chez ces deux inséparables une **communion** profonde, une compréhension sans failles qui se passe de mots, une sympathie, au sens étymologique (= « ressentir ensemble »). Leur affection transparaît dans les appellatifs : « maman », « ma pauvre enfant », « mon enfant », « ma bonne mère » et dans les gestes de tendresse qu'elles échangent : la mère câline sa fille, la fille baise la main de sa mère.

À la froideur de Grandet, s'oppose donc la **chaleur** maternelle ; à son égoïsme, une bonté qui va jusqu'au sacrifice. Cette femme effacée, opprimée, terrorisée, cette « ilote » non seulement comprend l'amour de sa fille pour le jeune homme, mais est prête à l'accepter, et à en assumer personnellement les conséquences. Deux répliques suffisent à retracer cette évolution : « L'aimerais-tu déjà ? » (p. 90) qui trahit sa perspicacité et son inquiétude, et : « Sois tranquille, Eugénie, si ton père vient, je prendrai tout sur moi » (p. 92), preuve de courage et de dévouement à son enfant.

Les « enseignements de l'amour »

À plusieurs reprises, l'auteur insiste sur l'apprentissage que constituent ces moments pour Eugénie. La leçon majeure est celle de la **souffrance**, que Balzac associe de façon romantique à la destinée féminine. Plus que le bonheur partagé, c'est la douleur et la compassion qui font vibrer le cœur et le corps des femmes. Il utilise un registre emphatique (« noble destinée », « pompes », « splendeurs »), et reprend la métaphore florale, non sans une certaine lourdeur, pour souligner la perte des espérances d'Eugénie (p. 87). Mais à cette vision romantique de l'amour, mystérieux, mélancolique, compatissant, correspond une héroïne dont les réactions émotionelles sont autant physiques que morales : des éblouissements, des larmes, un étouffement. Son silence peut dissimuler ses sentiments, mais elle n'a pas encore la maîtrise de son corps. Ou plutôt, elle ne l'a plus. Et c'est à cette métamorphose que sa mère devinera son amour.

Eugénie est aussi une femme forte. Son malaise ne dure pas, sa **vitalité** reprend le dessus, sitôt l'aveu fait : « Il te plaît, il plaît à Nanon, pourquoi ne me plairait-il pas ? Tiens, maman, mettons la table pour déjeuner. » L'enchaînement des deux phrases souligne son énergie, qui va s'exprimer, comme dans la scène précédente, par une cascade de verbes d'action : « Elle allait, venait, trottait, sautait ». Sa tristesse se résout en activité et en créativité. Ce débordement est le pendant exact de la préparation de la chambre de Charles (p. 58). Le feu et la bougie avaient été les premiers pas ; ici encore, elle franchit les interdits, innove, organise. Le déjeuner qu'elle prépare pour Charles est un luxe, c'est-à-dire qu'il allie l'abondance au souci esthétique, deux critères qui n'ont pas cours chez Grandet et sont même proscrits. La pyramide de poires en est le symbole triomphant. Eugénie agit comme en état second, portée par son inspiration. Ce n'est qu'en voyant le résultat de ses « deux heures de soin » qu'elle mesurera sa **transgression** : elle « trembla de tous ses membres » (p. 92).

Ces quelques pages nous ont permis d'approfondir notre connaissance des personnages. Mais elles ont surtout pour fonction de préparer l'une des scènes clefs du roman : celle du déjeuner de Charles.

UNITÉ 9 (pp. 92 à 98)
Le déjeuner de Charles

RÉSUMÉ

Il est onze heures quand Charles descend enfin dans la salle où l'attendent Eugénie et sa mère. Après quelques propos gracieux, il s'installe à table pour déjeuner sous l'œil admiratif d'Eugénie, charmée par ses manières délicates. Des œufs, du café sucré, du pain beurré et des fruits : ce repas est modeste pour le dandy, et il n'a nullement conscience des efforts qu'il a coûtés à sa cousine. Mais bientôt se fait entendre le coup de marteau qui signale le retour du maître de maison. La panique saisit les trois femmes, au grand étonnement de Charles. Grandet est furieux des dépenses faites en son absence, mais sa fille n'hésite pas à le défier en reposant sur la table la soucoupe de sucre qu'il avait mise à l'écart. Après quelques mots qui trahissent son mécontentement, le tonnelier annonce à Charles qu'il désire lui parler.

COMMENTAIRE

Une scène de théâtre

Cette séquence s'organise autour du déjeuner de Charles. Sa structure est très nette : le début et la fin correspondent à l'entrée et la sortie du jeune homme, le tournant est marqué par l'irruption de Grandet (p. 95) qui modifie à la fois l'atmosphère et l'enjeu dramatique du passage. D'une conversation badine, légère, nous passons à une scène d'affrontement, essentielle pour la suite du récit. L'agent perturbateur est donc Grandet. C'est grâce à lui que la scène bascule **de la comédie au drame**, dramatisation annoncée par une phrase : « Les malheurs pressentis arrivent presque toujours ». Comme dans un conte à la Barbe-Bleue, on tremble en entendant le coup de marteau de Grandet, qui préfigure le coup de théâtre qui marque la scène. Les références explicites au théâtre (pp. 93 et 94) nous laissent entendre que les personnages sont ici moins spectateurs qu'acteurs de ce drame. Le passage a donc toutes les caractéristiques d'une scène théâtrale.

En premier lieu par le **dialogue**, qui occupe une partie importante de ces pages, presque dénuées de description. Dans la première partie de la séquence, il est **mené par Charles**, avec une aisance toute mondaine. Il pose des questions, d'abord de simple politesse, puis de curiosité : « Vous vivez toujours ici ? », « Vous ne vous promenez jamais ? », « Avez-vous un théâtre ? » ; toutes traduisent son étonnement devant un mode de vie si différent du sien. Les réponses permettent au lecteur, comme à Charles, de mesurer une fois de plus l'austérité et la monotonie de la vie d'Eugénie. L'absence de théâtre, en particulier – lequel constitue l'essentiel de la vie parisienne –, est soulignée par Balzac : lieu de plaisir et de mondanité, mais aussi de mise en représentation de soi-même, donc de séduction, il paraît indispensable au jeune homme. En découvrant la beauté de sa cousine, il ne manque pas de l'imaginer dans une loge à l'Opéra.

Ce dialogue met donc en relief la **distance** entre le dandy et sa famille provinciale, souvent de façon humoristique : « Tiens, mais il est onze heures, j'ai été matinal. – Matinal ?... dit Madame Grandet. » (p. 84). Les répliques de Nanon relèvent aussi de la comédie par l'étonnement qu'elles traduisent (p. 92) et le contraste qu'elles forment avec celles de Charles qui n'hésite pas à l'appeler : « Ma chère enfant ». Les échanges entre Eugénie et son cousin ont une autre tonalité : ils sont marqués par la galanterie du jeune homme et l'admiration de la jeune fille, sa joie pleine de confusion qui rappelle celle de Charlotte devant Don Juan dans la scène 2 de l'acte II de la pièce de Molière. La « pauvre petite provinciale » (p. 94) va prendre une tout autre dimension dans la suite de la scène, non à travers des paroles, mais à travers des actes. Remarquons qu'elle s'exprime peu et que ses paroles renvoient à la réalité concrète : « mettez-vous à table, donne du beurre, vous avez une jolie bague, c'est moi qui le ferai », etc.

Dans la deuxième partie de la séquence, **Grandet prend**

l'**initiative du dialogue** et domine la scène. Charles s'en tient à quelques questions hésitantes et inquiètes. Celles de Grandet sont lourdes de menace ou d'ironie : ainsi les premiers mots qu'il prononce, avec la gradation* de : « C'est bien, c'est très bien, c'est fort bien ! » ou le jeu de mots menaçant sur « sucrées » (p. 97). Comme à son habitude, il se montre énigmatique, donc aussi inquiétant pour Charles, qui ignore la vérité, que pour les trois femmes et le lecteur, qui la connaissent, situation classique au théâtre. On voit comment le dialogue traduit habilement la situation et la psychologie de chaque personnage, ainsi que les relations qu'ils entretiennent entre eux.

Balzac donne aussi quelques indications sur leurs **attitudes** ou leurs gestes, qui correspondraient aux didascalies dans une scène théâtrale. Ainsi la façon de se tenir de Charles et des deux femmes (p. 93), ou les gestes « coquets » du jeune homme pour manger son œuf à la coque. Le contraste, ici encore, est marqué avec Grandet qui coupe son pain avec son couteau à manche de corne et mange debout. Pas de longues descriptions, mais quelques traits qui permettent de saisir les personnages dans leur vérité. « L'avare fit claquer la lame de son couteau, but le reste de son vin blanc et ouvrit la porte » (p. 96) : trois groupes verbaux au passé simple, des mots brefs, deux actions de clôture et une d'ouverture : économie du geste et de la phrase qui donne au personnage son relief.

Du sucre et du sucrier

La **nourriture** joue un rôle fondamental dans ce roman, sans doute parce qu'elle est à la fois un trait de mœurs et de caractère. Nous sommes en Anjou, pays de bien boire et de bien manger. Les repas sont une occasion de gourmandise et de convivialité, donc de dépense et de gaieté, toutes choses proscrites par l'avarice. Molière avait déjà fait de la nourriture le terrain d'affrontement entre Harpagon et ses proches. On se rappelle la devise d'Harpagon : « Il faut manger pour vivre et non vivre pour manger. » La frugalité est un trait constant de l'avare. Chez Grandet, elle est une loi d'airain qu'il impose à tout son entourage. C'est l'un de ses modes d'exercice du pouvoir. Chaque matin, il distribue les denrées de la journée, et garde le reste sous clef.

Eugénie a une première fois tenté de contourner les interdictions paternelles en faisant acheter de la bougie. Puis, elle a utilisé Nanon comme intercesseur auprès de Grandet afin d'obtenir de quoi cuire une galette. C'est à une véritable négociation que celle-ci s'est livrée, sans toutefois obtenir le sucre qu'elle lui demandait. Enfin, nous avons vu la jeune fille « mettre à sac » (p. 91) la maison pour préparer le déjeuner de Charles. L'amour prend spontanément une forme nourricière chez Eugénie. Mais la nourriture est surtout l'objet d'un **enjeu** dont cette scène permet de mesurer toute l'étendue.

Ce repas est des plus simples : les œufs frais que Charles mange gracieusement, les fruits, le beurre réservé à la galette et considéré comme un luxe sur du pain, un café « boullu » qui horrifie le jeune parisien sont des produits qui rappellent la campagne toute proche. Reste le **sucre**. Le sucre, c'est la douceur, le goût et peut-être le « supplément d'âme » qu'Eugénie souhaite apporter à Charles... Mais à cette denrée coloniale, Grandet attache un prix particulier depuis le blocus qui en avait privé les Français ; pour lui, le sucre vaut de l'or. Or, il a été « amoncelé » par Eugénie dans une soucoupe. La première réaction de celle-ci à l'arrivée de son père est de retirer la soucoupe « en en laissant quelques morceaux sur la table ». De fait, l'avare ne l'aperçoit pas tout de suite. C'est en voyant le malheureux Charles sucrer innocemment son café, qu'il réagit et demande des comptes à sa femme : Charles est l'agent déclencheur, Mme Grandet la victime. Le processus de **dramatisation** est à son comble dans « cette scène muette », quand Charles pour la seconde fois tend la main vers le sucre, que Grandet a déjà mis de côté.

L'intervention d'Eugénie se fait sans un mot, en une seule phrase : un geste, un regard. Ils ont suffi à exprimer le **défi** de la jeune fille à l'égard de son père, ils ont la force d'un affrontement, d'une première rébellion. Dans ce geste qui remet le sucre en place, Eugénie affirme avec calme sa volonté ; en le posant sur la table, elle se pose. Elle prend du même coup un risque, que Balzac commente en le comparant à des situations romanesques familières aux lecteurs de l'époque. La comparaison permet de faire apparaître la nouveauté du roman balzacien : cette jeune fille provinciale, ce drame domestique ont plus d'intensité que les romans à l'eau de rose aux personnages stéréotypés. Le premier pas franchi, et malgré le regard foudroyant de son père, Eugénie tirera parti de son avantage en lui offrant du raisin. Un processus s'est enclenché. Eugénie, grâce à son courage, et à quelques morceaux de sucre, a fait acte de résistance.

Ainsi, cette scène marque un **tournant dans le récit** : pour la première fois, la jeune fille s'oppose ouvertement à son père en bravant l'une de ses interdictions. Un objet – en l'occurrence le sucrier – a permis de mettre en lumière cette évolution, et de justifier l'affrontement. Ce bien précieux pour l'avare l'était tout autant pour Eugénie, en tant que matérialisation de son affection pour son cousin. Le passage a donc valeur d'**annonce** pour qui a déjà lu le roman : bientôt ce ne sera plus du sucre, mais de l'or qu'elle donnera à Charles...

UNITÉ 10 (pp. 98 à 111)
La mort d'un parent

RÉSUMÉ

Grandet conduit Charles au jardin afin de lui apprendre la terrible nouvelle. L'avare est surtout embarrassé par l'aveu de la faillite de son frère qui laisse le jeune homme sans le sou. La douleur de Charles qui pleure un père, loin de l'attendrir, le rend encore plus méprisant à l'égard de son neveu. Et son insensibilité choque Eugénie, même si elle ne mesure pas tout à fait à quel point elle est inhumaine. Elle lui pose, sur la fortune de son oncle, quelques questions qui montrent qu'elle est encore bien naïve sur ce sujet. Mais elle est surtout bouleversée par le chagrin de son cousin. Pendant ce temps, Grandet vaque à ses affaires, et réussit un coup de maître en vendant son vin au prix fort à des acheteurs belges, prenant de vitesse les autres propriétaires qui avaient décidé d'attendre. Le calcul de ses revenus après placement fait de lui un millionnaire. Mais cela ne l'empêche pas de refuser à sa femme et à sa fille leurs toilettes de deuil, et de pester contre la dépense inconsidérée de la bougie qu'il vient de découvrir dans la chambre de son neveu.

« Ce n'est rien » (pp. 98 à 100)

L'épisode au cours duquel Grandet annonce à Charles la mort de son père est mené à la façon d'une scène **tragi-comique**. Elle a pour décor le jardin, lieu clef du roman, et pour spectatrices – invisibles et terrifiées – Eugénie et sa mère. Le début du passage insiste sur cette tension, due au caractère tragique de la nouvelle et à l'embarras de Grandet. Le silence qui précède la révélation, les tours qu'il fait dans l'allée, les détails du paysage qui s'impriment dans l'esprit de Charles contribuent à créer l'atmosphère. Mais tout l'intérêt réside dans la cause de l'hésitation de Grandet : « "Vous avez perdu votre père !" ce n'était rien à dire. [...] Mais : "Vous êtes sans aucune espèce de fortune !", tous les malheurs de la terre étaient réunis dans ces paroles » (p. 98). La formule « ce n'est rien » va revenir comme un **leitmotiv*** dans cette page, créant un comique de répétition non dépourvu d'humour. Il place Balzac dans la lignée de Molière : le personnage est mons-trueux dans sa monomanie, mais l'effet produit sur le lecteur oscille du rire à l'indignation. L'inhumanité de Grandet se révèle dans sa formule finale : « Ce jeune homme n'est bon à rien, il s'occupe plus des morts que de l'argent. » Tout le sys-tème de valeurs de Grandet, son inhumanité éclatent dans cette prédominance choquante de l'intérêt sur le sentiment.

« Elle changeait à tout moment et de sentiments et d'idées » (p. 102)

Cette séquence marque également une évolution impor-tante du **regard** qu'Eugénie porte sur son père : « Dès ce moment, elle commença à juger son père » (p. 99). À plu-sieurs reprises, des expressions soulignent le caractère inédit de ses réactions. Jusqu'ici, elle n'a jamais mis en cause la per-tinence de ses opinions, son père incarnant une sorte d'absolu. Pour la première fois, le doute s'insinue dans la relation enfan-tine qu'elle entretient avec lui. Cette période correspondrait à la première phase de l'adolescence, quand l'enfant com-mence à mettre en question le comportement du parent. Remarquons que, pour Eugénie, le phénomène ne se produira jamais avec sa mère, avec qui elle est en relation symbiotique.

Sa réaction est d'abord émotive, et elle concerne justement l'insensibilité de son père à une douleur qu'il devrait être le premier à comprendre : c'est à l'amour filial qu'il est sourd et aveugle, chose insupportable pour sa fille. Tout au long des pages qui suivent, se fait le parallèle entre Charles et son père, et Eugénie et le sien. Ainsi, page 105, lorsque Grandet s'enquiert de Charles, répond-elle : « Il pleure son père ». Sous l'information, se cache une accusation que Grandet a parfaitement comprise : il « regarda sa fille sans trouver un mot à dire. Il était un peu père, lui. » L'adverbe met en relief avec une belle cruauté les limites du sentiment paternel chez Grandet. Mais cette fois, Eugénie a eu le dernier mot. Quelques instants plus tard, Grandet sort de la pièce.

La douleur de Charles, dont les sanglots ponctuent le passage, joue donc un **double rôle** : elle éveille en Eugénie la compassion – laquelle sera l'une des composantes de son amour – et rend possible ce regard critique qu'elle commence à jeter sur Grandet. Elle lève les yeux au ciel, comme excédée : la présence de son père devient un poids.

Toutefois, sa confiance en lui et sa **naïveté** sont encore intactes, comme le montre sa réaction en apprenant que son père paiera à Charles son voyage jusqu'à... Nantes. Même Grandet en est gêné. Dans le dialogue pédagogique des pages 100 et 101, elle accepte toutes les explications de l'avare, et pose des questions qui pourraient paraître très enfantines, si l'on oubliait qu'elle ne sort que pour aller à la messe ou à Noyers.

Cette ambivalence colore ainsi de façon nuancée le portrait de l'héroïne. Elle manifeste de la part de l'auteur une grande **finesse psychologique** dont l'analyse de la page 109 est la preuve. Le narrateur éprouve le besoin de justifier la transformation soudaine de la jeune fille. On comprend pourquoi Proust admirait tant Balzac : c'est toute l'analyse proustienne des intermittences du cœur et des ravages de la passion qui est en germe ici : « Peut-être la profonde passion d'Eugénie devrait-elle être analysée dans ses fibrilles les plus délicates ; car elle devint [...] une maladie et influença toute son existence. » L'écart entre la vraisemblance et la vérité, nous dit Balzac, ne doit pas masquer la cohérence interne des faits psychologiques, même si nous n'en percevons, la plupart du temps, que les effets. Ainsi Eugénie bascule-t-elle d'autant plus facilement dans l'amour, qu'elle est pure et innocente.

Les calculs de Grandet

Toute la séquence, comme celles qui suivent, est caractérisée par **l'opposition** entre les préoccupations de Félix Grandet, et celles des autres personnages. À sa sécheresse de cœur, correspond la sensibilité des trois femmes et de Charles ; à son avarice, leur désintéressement. Le caractère sordide du personnage est donc mis en relief par la situation – la mort d'un frère, la douleur d'un neveu – et par un certain nombre de procédés : traits psychologiques, commentaire du narrateur, dialogues. Ainsi le style direct permet-il de souligner certaines répliques, qui sont de véritables **mots**. L'obsession de l'avare se fait jour à la moindre occasion, qu'il s'agisse des neuvaines que veulent dire Eugénie et sa mère : « C'est cela : toujours dépenser de l'argent », ou du deuil qui « est dans le cœur et non dans les habits ». Mauvaise foi, ladrerie qui apparaît dans la modicité des sommes comparées à sa fortune, ou manie qui ramène tout au même sujet : « Ne faut rien user », répond Grandet à Nanon qui remarque : « Nous n'usons point nos langues ». Rien n'exclut une part de malice dans ces répliques, comme l'indique le ton « goguenard » de l'avare. Mais elles sont avant tout la **signature littéraire du personnage**.

En effet, Grandet est par définition un homme de calculs. Tout au long du roman, nous en aurons la preuve : calculs au sens **arithmétique** du terme, calculs au sens de manœuvres, les deux étant liés, bien sûr. Dans ce passage nous assistons à la leçon qu'il donne à sa fille, avec une mauvaise foi que souligne Balzac puisque Grandet laisse entendre que son frère a fait une faillite frauduleuse (la banqueroute), alors qu'il a été ruiné par les faillites de son agent de change et de son notaire. Afin d'éclairer sa fille sur la valeur du million, il décompose la somme en unités qu'elle peut mesurer : la pièce de vingt sous. La leçon ne sera pas perdue : en digne fille de son père, Eugénie calcule vite que mille pièces de vin à deux cents francs font deux cent mille pièces de vingt sous... de quoi aider Charles ! Un réemploi de ses connaissances toutes fraîches qui rend Grandet furieux !

Le calcul est pour l'avare prévision et bilan : ainsi, après la vente « juteuse » de son vin aux Belges, s'emploie-t-il à trouver un placement avantageux. Ses calculs qui font de lui un millionnaire le plongent dans un état de **profonde méditation**, et l'isolent de la réalité, si intense est sa concentration : ainsi en vient-il à les noter sur le journal qui annonce la mort de son frère, geste symbolique de son égoïsme. Cette abstraction de la réalité, cette inconscience sont déjà des signes de monomanie. Plus loin, il poursuit ses spéculations qui prennent la forme d'un rêve, d'où des termes tels que : « en se réveillant », « il se voyait », « il voguait sur cette longue nappe d'or ». À travers ces fantasmes, on saisit la jouissance de l'avare, qui se suffit à lui-même et tire un plaisir extrême de l'accroissement de sa fortune.

Mais, pour Balzac, Grandet n'est qu'un cas limite de l'importance de l'argent qui « domine les lois, la politique et les mœurs » (p. 108). Ce **rôle moteur de l'argent** dans les sociétés modernes, Balzac devait en faire l'analyse complète dans la suite de son œuvre ; on voit que, dès 1833, il en est conscient et confie au roman la charge non seulement de dépeindre les mœurs, mais aussi de saisir les principes qui les fondent.

UNITÉ 11 (pp. 111 à 127)
« Promesses d'avare »

RÉSUMÉ

Grandet a un nouveau projet en tête : sauver l'honneur de son frère – dont il ne se soucie nullement à vrai dire – sans débourser un sou. Pour ce faire, il a besoin des Cruchot, qu'il invite à dîner pour le soir. Pendant ce temps, Eugénie est tout à son amour. Elle s'occupe avec dévouement de son cousin qui, touché d'une telle sollicitude, commence à son tour à éprouver de tendres sentiments pour sa cousine. Cependant Grandet, resté seul avec ses convives à l'issue du repas, parvient, à force de bégaiements et de fausse naïveté, à obtenir de Monsieur de Bonfons qu'il prenne en main son affaire : il devra obtenir des créanciers de son frère qu'ils renoncent à leurs poursuites en échange d'une promesse de rachat des billets souscrits par lui. Mais c'est des Grassins, venu aux nouvelles, qui se rendra finalement à Paris pour Grandet, gratuitement, et en profitera pour lui placer son argent en titres de rente. À part le président, chacun est satisfait, et Grandet retrouve à bon compte l'estime de ses concitoyens, qu'il a trompés une fois de plus.

L'avarice, « exercice de la puissance humaine »

Le passage débute par un assez long développement explicatif qui précède et éclaire les agissements de Grandet. Il permet de replacer ce personnage dans la galerie des grands « **types** » balzaciens, et dans sa conception de l'action humaine. Dans *Une Ténébreuse affaire*, Balzac définit le type comme « un personnage qui résume en lui-même les traits caractéristiques de tous ceux qui lui ressemblent plus ou moins, il est le modèle du genre ». Ainsi le développement des pages 111 et 112 prend-il une valeur de vérité générale, au présent de l'indicatif, l'imparfait n'apparaissant que dans les allusions à Grandet, et lors du retour au récit.

Le mot clef du passage est « **pouvoir** ». La vision balzacienne de la société est celle d'un gigantesque creuset au sein duquel se fondent et s'affrontent intérêts et passions. Ces passions – l'ambition, l'avarice, la recherche d'absolu – sont de puissants leviers pour qui sait les utiliser. Si l'avare excite « une prodigieuse curiosité », c'est parce qu'il concentre en lui l'essentiel des passions humaines, et l'aptitude à les mettre en œuvre. C'est sa volonté et l'unité de toutes ses forces tendues vers un but unique qui font sa puissance. Or, ce but, c'est l'argent, instrument du pouvoir par excellence dans la société moderne : « Où est l'homme sans désir, et quel désir social se résoudra sans argent ? » (p. 111).

On voit comment le type qu'incarne Grandet est inséparable d'un certain état de la société, et non une figure morale atemporelle. Il n'illustre pas un vice, à la manière d'Harpagon, mais un comportement exemplaire, inscrit dans une époque dominée par l'argent. L'avare, concentré de l'action humaine, utilise son prodigieux égoïsme dans sa lutte contre les autres : « Tout pouvoir humain est un composé de patience et de temps » (p. 111). Des allitérations, des énumérations et des images viennent soutenir cette idée : la métaphore dominante est celle de la **dévoration**, déjà rencontrée à propos de Grandet (le tigre et le boa). Être frugal par définition, l'avare se nourrit pourtant des autres. La figure religieuse de l'agneau de Dieu, emblème de la victime, est retournée par Balzac en image d'une proie pour l'avare, concrétisée par une gradation verbale : « le parque, le tue, le cuit, le mange et le méprise » (p. 112). Plus loin, une autre énumération assimilera les Parisiens à une pâte, puis à des fruits ou des graines (« pressurer », « concasser »). Le bien des autres est comparé à un « aliment », une « pâture » nécessaires non à la survie de l'avare, mais à son désir.

Car il y a dans l'activité de l'avare une part de gratuité (un comble !), d'envie ludique de gagner, d'où les multiples allusions au **jeu** dans cette page. L'enjeu est moins l'argent lui-même que le désir de dominer les autres et de les mépriser. Ainsi Grandet dans cette affaire vise-t-il moins le profit personnel que l'exercice d'un talent supérieur.

La stratégie du « vieux chien »

L'intérêt de la scène qui met en présence Grandet et les Cruchot est clairement souligné, puisque celui-là va y faire la preuve de son habileté « plus qu'en aucun moment de sa vie » (p. 117). Notons au passage l'hésitation de Balzac quant à la question de savoir si Grandet avait l'étoffe d'un grand politique, ou s'il ne pouvait donner sa pleine mesure qu'à Saumur. À cela, bien sûr, il n'y a pas d'autre réponse que celle du roman : il n'a jamais fait du personnage autre chose qu'un vigneron colossalement riche. Mais cette parenthèse met l'accent sur le talent de Grandet, et son art d'utiliser les autres.

Dans ce long dialogue, l'avare met en œuvre la stratégie qu'il a d'abord conçue dans la solitude. L'idée se fait pratique : aucune improvisation, mais une **manœuvre** qui sait amener l'autre au point exact où l'on désire le conduire. Une réplique, dans sa brutalité, le montre : alors que le notaire laisse entendre qu'il est prêt à l'aider, le vigneron s'impatiente mentalement : « Allons donc, pensait en lui-même le vigneron, décidez-vous donc ! » (p. 121). La première version était encore plus claire : « Accouchez donc ! » Ce double jeu se poursuit par un hypocrite « Mi, min, minute... », quand le notaire en vient enfin au fait ! Le plus fort en affaire est celui qui tire les ficelles et cache son jeu. En cela, Grandet est un maître. L'exploit consiste à amener les Cruchot, puis des Grassins à proposer eux-mêmes de se rendre à Paris pour rencontrer les créanciers au nom de Félix Grandet. Ainsi pourra-t-il utiliser leurs compétences, sans perdre de vue ses propres affaires à Saumur. Grandet n'ira jamais à Paris. Il y enverra les autres et restera sur son terrain.

Sa stratégie comporte plusieurs manœuvres :

1. Le bégaiement et la surdité. On sait que Balzac aime retranscrire le parler de certains de ses personnages, comme l'accent alsacien du banquier Nucingen, par exemple. Il y a là un jeu verbal, et un effet de réel à la fois. Cela ne va pas sans une certaine fatigue du lecteur, qui se retrouve dans la même situation que l'interlocuteur de Grandet. Il s'agit ici d'une tactique de l'avare, explicitée par l'auteur page 118. Elle montre les dons de comédien de Grandet et sa finesse psychologique. Le bégaiement et la surdité, tout en usant les nerfs de ses interlocuteurs, sont des infirmités qui masquent sa supériorité. Elle n'en éclatera que mieux ensuite.

2. La fausse naïveté. Ici encore, une tactique de camouflage. Grandet a, bien entendu, parfaitement compris les mécanismes de la faillite et de la liquidation. En jouant les naïfs et les ignorants, il amène les Cruchot à lui proposer l'opération qu'il a prévue. Simplement, l'idée viendra d'eux... De nombreuses phrases insistent sur son ignorance, de façon comique, puisque le lecteur, lui, est dans la confidence : « Je, je suis un pau, pau, pauvre vigneron, et ne sais rien », etc. Le « je ne sais rien » est répété comme un refrain, et Grandet joue les enfants en s'amusant beaucoup.

3. La flatterie. Les Cruchot et les des Grassins sont naturellement très fiers d'être appelés à l'aide par Grandet. Il insiste sur leur compétence, appelle Cruchot « Monsieur de Bonfons », tout en les jouant les uns contre les autres et en exploitant leur rivalité.

4. La tromperie. Grandet donne l'illusion qu'il va sauver l'honneur de sa famille en rachetant les créances de son frère. C'est donc une noble tâche que d'y contribuer. Comme le dit des Grassins : « Il y a de l'honneur dans nos provinces ! », phrase pleine d'ironie pour le lecteur qui connaît les vrais mobiles de Grandet. Seul le notaire a quelques doutes qui témoignent de sa perspicacité.

Une ténébreuse affaire

Mais ce dialogue, tout en mettant en relief l'habileté de l'avare, permet aussi à Balzac de mettre à nu les **mécanismes complexes du commerce moderne**. Son expérience personnelle en faisait un orfèvre en matière de faillite et de liquidation. On a pu lui reprocher l'aridité et la difficulté de ces pages qui abondent en termes techniques souvent inconnus du profane : créances, billets, effets, escompte, intérêts, etc. D'une part, la feinte naïveté de Grandet, en forçant les Cruchot à donner des explications, permet d'éclairer le lecteur. Mais surtout, il faut bien comprendre que ces explications sont l'illustration de ce réalisme balzacien qui a pour projet de démonter les rouages de la société, d'en décrire le fonctionnement le plus exactement possible. C'est, pour le roman de l'époque, une nouveauté radicale que cet ancrage dans la réalité la plus concrète. De tels passages ont donc, outre leur intérêt psychologique, celui d'être **la matière même du réel balzacien**.

UNITÉ 12 (pp. 127 à 141)
Une nuit agitée

RÉSUMÉ

La nuit venue, Grandet, avec l'aide de Nanon, embarque secrètement son or à destination d'Angers afin de le vendre à des spéculateurs. Alertée par le bruit, Eugénie s'est levée et l'a surpris, mais sans deviner le but de sa manœuvre. Sa seule préoccupation, c'est Charles dont elle vient guetter le sommeil. Elle ne peut s'empêcher de jeter les yeux sur le courrier de son cousin, et lit en particulier la lettre d'adieu qu'il adresse à sa maîtresse, Annette. Apprenant qu'il est sans un sou et n'écoutant que sa pitié, Eugénie va chercher son trésor de pièces d'or afin de lui en faire don. Le jeune homme finit par accepter mais en échange, il lui laisse son bien le plus précieux : un nécessaire en or contenant les portraits de ses parents. Les deux jeunes gens se quittent, unis par les mêmes sentiments.

COMMENTAIRE

Vendre ou donner

Le rôle central dans cette séquence est joué par l'échange symbolique entre l'héritière et son cousin. Toutefois, la première partie de la séquence, que nous saisissons par l'intermédiaire de la jeune fille, en **focalisation interne***, est également importante et doit être mise en parallèle avec la suite du passage.

Le cadre est le même : la maison, au milieu de la nuit. La lumière qui filtre sous la porte de Charles en est le seul éclairage. L'atmosphère en est mystérieuse et romanesque, traversée de bruits et de chuchotements comme dans un roman d'aventures. Du reste, l'esprit inquiet d'Eugénie songe à un enlèvement de Charles par son père : chacun a sa propre image du trésor ! Le comportement de l'avare est éclairé par le narrateur, comme le sera celui de la jeune fille. Mais **le parallèle se double d'une opposition** : Grandet se sépare de son or pour s'enrichir, il le vend pour en tirer une plus-value alors qu'Eugénie se dépouille du sien pour aider Charles. Elle le donne par amour. « Ainsi le père et la fille avaient compté chacun leur fortune : lui pour aller vendre son or ; Eugénie pour jeter le sien dans un océan d'affection » (p. 138). Notons l'image utilisée à propos de la jeune fille : absence de calculs, générosité, métaphore maritime en accord avec le voyage de Charles, mais qui laisse entrevoir que, dans cette immensité, le geste se perdra.

Des couples de **valeurs antithétiques** apparaissent donc : le profit et le don, l'égoïsme et l'amour. Dans chacun des cas, l'or est une précieuse monnaie d'échange, mais qui ne sert pas le même but. Un même secret, une même nuit, une même fébrilité, une même passion, mais pour deux objets différents, enveloppent les scènes habilement enchaînées, soulignant les ressemblances et les différences. Il y là l'une des lignes de force du roman ; elle deviendra une ligne de fracture, d'où surgira la crise.

La correspondance

Le roman comporte quatre lettres qui jouent toutes un rôle dans l'action : celle de Guillaume Grandet nous apprenait sa faillite et sa mort en même temps qu'à l'avare. Les deux lettres finales sont essentielles au dénouement, comme nous le verrons ultérieurement.

Les lettres de cette séquence ont en commun d'être **lues par Eugénie** alors qu'elles ne lui sont pas destinées. La première s'adresse à la maîtresse de Charles, la seconde à son ami Alphonse. L'insertion du discours direct, ou du style direct rapporté (p. 130), traduit les hésitations de la jeune fille et le désordre de ses pensées, ses tiraillements, puis ses émotions. Ainsi, tout en rompant habilement la monotonie du style convenu et assez plat de Charles, ces interruptions nous montrent la sensibilité d'Eugénie et les mouvements de son cœur.

Lecture inachevée, du reste : en effet, la première lettre n'est pas terminée, et Eugénie ne lit pas la seconde jusqu'au bout. Dans cette double ellipse, il faut voir l'habileté du romancier qui se contente du nécessaire, et laisse en suspens une phrase (p. 133) dont l'inachèvement autorise l'ambiguïté. Le lecteur, en lisant par-dessus l'épaule d'Eugénie, peut superposer sa propre interprétation à celle de la jeune fille. C'est à cette **double lecture** que nous engage le long commentaire du narrateur (pp. 133-135). Le champ lexical de la pureté soulignant l'innocence de la jeune fille fait aussi apparaître son inexpérience, d'où sa méprise à propos du jeune homme. Mais elle a pour excuse la jeunesse de Charles chez qui rien ne vient encore trahir l'égoïsme. Il a gardé, lui aussi, une part de fraîcheur qui en fait autre chose qu'une simple silhouette de fat.

La lettre agit donc comme un **révélateur** : elle livre à qui sait la voir la vraie nature de Charles. On se rend compte que dans sa lettre à sa maîtresse, Charles ne parle que de lui, sans exprimer de véritable déchirement à l'idée de cet adieu. Il envisage l'avenir avec résolution et froideur, et se trahit notamment dans ces mots : « Je dois me conformer à ma position, voir bourgeoisement la vie, et la chiffrer au plus vrai » (p. 132). Il y dévoile à la fois ses origines et ses ambitions. Le dernier verbe le montre plus Grandet que nature. Mais il n'y a pas de passion chez lui : simplement le désir de reconquérir une position et des avantages qu'il a perdus. Il gère et met en ordre les affaires de sa vie. Le dandy cache une âme de boutiquier, ferme mais sans grandeur. Ordinaire, en quelque sorte.

On note cependant qu'il ne cherche pas à faire illusion aux yeux d'Annette. Dans ces « quatre années de bonheur », se lit **l'éducation sentimentale et sociale** du jeune homme par une femme plus âgée, en qui il a confiance. Ce thème cher à Balzac et à toute l'époque est secondaire ici, mais il annonce *Le Père Goriot* et surtout *Le Lys dans la vallée*. Aux yeux de la naïve Eugénie, il y là tout un roman. Ce ne sont que les débuts dans la vie d'un jeune homme à la mode.

L'échange (pp. 136 à 141)

La jeune fille, avant d'en faire don à son cousin, fait le compte de sa fortune. Le détail précis de son **trésor** nous est livré par une série de phrases nominales énumératives, introduites par un terme technique utilisé dans les inventaires (« ITEM »). Pour chaque catégorie de pièces, l'auteur nous renseigne sur l'origine, l'époque, la personne qui les a offertes à Eugénie, et leur double valeur soigneusement précisée : valeur réelle et valeur d'échange, supérieure en raison de leur rareté et de leur parfait état de conservation. Le mot « or » est répété six fois en une page, ainsi qu'un grand nombre de termes insistant sur le caractère précieux de cette collection. Les couleurs jaune (soleil, serin, jaunet) et rouge, qui sont aussi celles de la bourse, dominent le texte et renforcent encore cette impression de richesse. Le meuble Renaissance orné de la salamandre de François Ier, le clair-obscur créé par la bougie, les origines hollandaise, portugaise, génoise des pièces, la comparaison avec de « véritables morceaux d'art », tout concourt à faire de ce passage un tableau à la manière des maîtres hollandais de la Renaissance que Balzac aimait tant.

De plus, ce trésor s'est formé au fil des ans, chaque membre de la famille y a contribué, et il constitue le douzain d'Eugénie, destiné à son mariage. Si l'on y ajoute l'intérêt passionné que lui porte Grandet, on voit tout le prix qui s'y attache. Mais à ce prix, Eugénie est parfaitement indifférente : seul compte pour elle le montant d'une **fortune destinée à son cousin**. Elle se trompera fort peu du reste dans son évaluation ; quant à la somme, elle est importante si l'on considère que le salaire moyen annuel d'un employé était d'environ deux mille francs. Eugénie est, comme à chaque fois qu'elle se dévoue pour Charles, dans une sorte d'état second qui lui fait tout oublier et se caractérise par l'exultation physique (p. 123). Elle renaît.

Balzac écrit à Mme Hanska le 12 novembre 1833 : « Il y a une scène sublime (à mon avis et je suis payé pour le savoir) dans *Eugénie Grandet* qui offre un trésor à son cousin. » Cette **« scène sublime »** mérite qu'on s'y arrête.

La construction en est fort claire : une introduction rapide, le don d'Eugénie, puis le dépôt de Charles, et la conclusion. La partie centrale est donc occupée par deux épisodes symétriques, qui constituent les deux termes de l'échange : un don et un contre-don. Ce parallélisme est souligné par Charles : « Rien pour rien, confiance pour confiance », ainsi que par la reprise de l'acceptation dans les mêmes termes : « Eh ! bien, oui, n'est-ce pas ? ». La scène baigne dans un pathétique émotionnel qui s'exprime par des larmes, l'agenouillement d'Eugénie, des serments et un baisement de main. Tout symbolise **l'union des deux jeunes gens** qui remettent chacun entre les mains de l'autre ce qu'ils ont de plus précieux. Un climat amoureux et presque sensuel baigne leur intimité, même si Charles devra se retirer avant d'entrer dans la chambre de la jeune fille.

Toutefois, les deux présents ne sont pas faits de la même manière. Eugénie, par une série d'euphémismes, tend à minimiser le sien. Charles, au contraire, souligne fortement tout le prix qu'il attache au coffret familial. Le sens profond de la scène réside dans cet écart, dont la suite du roman montrera **l'ironie tragique**. En effet, le don d'Eugénie bouleversera toute son existence, à la fois par les conséquences qu'il entraînera et par sa portée symbolique : c'est toute sa vie de femme qu'elle remet entre les mains de Charles. À l'inverse, le jeune homme ne fait qu'un simple dépôt, et on verra à la fin du roman avec quelle désinvolture il récupérera ce qui est devenu un bien sacré pour Eugénie. La scène préfigure donc la terrible méprise dont sera victime l'héritière : « Entre nous, n'est-ce pas ? [...] l'argent ne sera jamais rien » (p. 140) supplie Charles, sincère à ce moment-là. Les paroles d'Eugénie prennent alors une résonance tragique : « Ne craignez rien mon cousin, vous serez riche. Cet or vous portera bonheur ; un jour vous me le rendrez ; d'ailleurs nous nous associerons ; enfin je passerai par toutes les conditions que vous m'imposerez » (p. 139). Il y a là, en raccourci, tout le dénouement.

On prend alors conscience du rôle qu'a joué **l'or** dans cet échange, quelle utilisation dramatique* en fait Balzac, mais aussi quelle valeur symbolique il lui donne. Au centre de l'intrigue comme des relations qu'entretiennent les personnages – y compris les plus désintéressés –, c'est lui qui donne sa couleur et son unité au roman.

UNITÉ 13 (pp. 141 à 157)
La séparation

Les jours suivants, un climat d'harmonie s'installe chez les Grandet. Pendant que le chef de famille vaque à ses affaires, Charles et Eugénie filent le parfait amour sous le regard bienveillant de Madame Grandet et de Nanon. Le jeune homme découvre la simplicité de la vie provinciale, et la pureté des sentiments qui l'unissent à sa cousine. C'est une révélation pour lui, et de jour en jour les changements dans sa personne se font plus sensibles. Mais l'heure du départ approche. Il renonce à la succession de son père, vend ses vêtements, se défait de ses derniers bijoux. Enfin, les jeunes gens échangent un baiser et d'ultimes serments de fidélité. Les adieux sont bien tristes pour tous, sauf pour Grandet, enfin débarrassé du « mirliflore ».

Un mois plus tard, l'avare achète pour cent mille francs de rente. Quant à l'affaire de son frère, tout se déroule selon ses prévisions : les créanciers acceptent ses conditions, n'imaginant pas un seul instant qu'ils ne toucheront jamais davantage que les quarante-sept pour cent de la dette qui proviennent de la liquidation. Cinq ans plus tard, ils en sont toujours au même point, alors que Grandet, profitant de la hausse de la rente, retire plus de deux millions de sa spéculation. Entre-temps, Grassins, devenu député, mène joyeuse vie à Paris, et, rejoint par son fils, quitte définitivement Saumur.

COMMENTAIRE

Une chronique familiale

Ces pages ont pour but de retracer les **derniers jours** de Charles chez les Grandet, et de préparer non seulement son départ mais les années d'attente qui vont suivre pour Eugénie. Ces journées sont une sorte de pause heureuse dans la vie de celle-ci, une période qui lui laisssera les plus doux souvenirs par la suite. Le récit est mené de façon à faire apparaître à la fois l'accalmie et la menace de la séparation, le déroulement paisible de gestes quotidiens, et les événements qui le ponctuent.

La **temporalité** du récit repose sur cette alternance. De nombreux **repères** temporels sont donnés, et permettent de suivre l'action au jour le jour : « le lendemain matin » (p. 141), « le lendemain » (p. 144), « trois jours plus tard », « enfin, la veille du départ », « le lendemain matin » (p. 151). On remarque une accélération de la durée après le baiser, comme s'il avait intensifié la conscience du temps qui passe. De plus en plus, Eugénie se projette dans l'avenir, et l'ombre de la séparation attriste ces « heures [qui] s'enfuy[ent] avec une effrayante rapidité » (p. 151). Les indications temporelles retrouvent leur précision à la veille du départ, provoquant un ralentissement de la durée romanesque ; les derniers moments sont narrés par le menu : la dernière image est celle du mouchoir de Charles, et elle disparaît à son tour. C'est sur cette disparition que se clôt la séquence, et Balzac la fait suivre d'une longue parenthèse sur les affaires de Grandet. Malgré l'affirmation de l'auteur, il s'agit bien d'une interruption. Cette **prolepse***, en inscrivant une rupture de narration, marque la cassure que représente le départ de Charles : il y aura à jamais pour Eugénie un avant et un après. Dans la première édition, le chapitre 4 s'achevait là, soulignant cet effet.

La **narration du quotidien** occupe l'essentiel de ces pages. Le narrateur évoque les activités habituelles de la maison (pp. 144, 145,146), et l'intimité nouvelle qui se crée entre Charles et les trois femmes. Une série d'imparfaits marque le début d'habitudes entre eux, qui renforcent leurs liens par leur caractère familial et amoureux à la fois : les rendez-vous au jardin, les après-midi paisibles esquissent l'image d'une vie conjugale possible, comme des fiançailles auxquelles ne manquerait que le consentement paternel : « Tous quatre commencèrent à faire une même famille » (p. 144). Tout se passe comme si Charles avait remplacé Grandet qui, de fait, est au second plan dans cette séquence.

Mais des **événements particuliers** viennent ponctuer ce quotidien : le départ de Des Grassins pour Paris, les formalités du départ de Charles, ses cadeaux à la famille, le baiser, et les adieux : « Chaque jour un petit événement leur rappelait la séparation » (p. 146). Ces scènes racontées au passé simple sont les temps forts de ces « fuyardes journées », et certaines d'entre elles marqueront pour toujours Eugénie.

La métamorphose de Charles

L'amour et la mort se conjuguent pour opérer une transformation radicale en Charles. Sa situation nouvelle, sa mélancolie le rendent sensible à la présence d'Eugénie, à ses attentions. Ce que le dandy avait jugé ridicule, le jeune orphelin l'apprécie à sa juste valeur. C'est une véritable **révélation**, comme l'indiquent de nombreux termes : « ne lui semblèrent plus », « il quittait la passion parisienne », « était devenu », « des délices inconnues », « lui révéla » (p.146). Il découvre « la sainteté de l'amour », lui qui ne connaissait que les passions parisiennes. Une fois de plus, Balzac oppose Paris et la province, versant au bénéfice de cette dernière « l'amour pur et vrai ». Eugénie est une anti-Annette, la vie à ses côtés a la douceur et la régularité de ces écheveaux qu'elle enroule autour des mains de son cousin. C'est une véritable conversion – toutes ces pages baignent dans un mélange de mysticisme et de sensualité –, qui fait de lui un autre homme. Le lion (c'est ainsi qu'on appelait les jeunes gens à la mode) est devenu agneau, et lit dans le paroissien de Mme Grandet les litanies de la Vierge !

Cette métamorphose se traduit aussi dans « **le maintien, les manières et les paroles** de Charles ». Le dandy s'est dépouillé de ses vêtements, de ses bijoux, et il a endossé l'habit noir et la pâleur des jeunes romantiques. Un aussi total revirement ne devrait-il pas nous inquiéter ? Charles ne serait-il pas un jeune homme faible et influençable ? Jadis comparé à une gravure de mode, le voici changé en illustration de recueil poétique. De la même façon, il modifie son panthéon littéraire, en faisant d'Eugénie la Marguerite de Faust (moins la faute !), figure idéale de la jeune fille aimante. Charles a toujours le costume qui convient à la situation, comme le remarque avec satisfaction Grandet (p. 147). Ce n'est pas son dernier vêtement. La séquence précédente, par la voix du narrateur, nous a déjà mis en garde. Un adverbe nous prévient de toute illusion : « la candeur d'Eugénie avait *momentanément* sanctifié l'amour de Charles » (p. 151). En supprimant tout suspense, Balzac se distingue radicalement du roman sentimental auquel ses contemporains pouvaient s'attendre.

Toutefois, cette transformation n'est ni mensongère, ni superficielle. Même fugitive, elle traduit un passage irréversible, celui de l'homme-enfant, presque féminin, à **l'homme-adulte** qui va affronter son destin. « Il ne soupirait plus, il s'était fait homme ». Malgré les apparences, Charles n'est déjà plus dans le clan des femmes. Ses gestes à l'égard d'Eugénie sont ceux d'un homme. Un homme qui part.

« Plaisir d'amour ne dure qu'un moment… »

La jeune fille se trouve elle aussi modifiée physiquement par cet amour. Une sorte de ressemblance s'installe entre eux, ils vivent à l'unisson. Plusieurs adjectifs évoquent la **réciprocité** de leurs sentiments : « complices », « mutuelle », « communs » évoquant cette double parenté qui les unit. L'énonciation insiste aussi sur les initiatives que prend Eugénie : en donnant son trésor, elle a fait le premier geste. En tentant d'adoucir la tristesse de Charles, elle l'enveloppe dans sa tendresse.

Cette « primevère de l'amour » (p. 144) rappelle l'éveil de la jeune fille au lendemain de l'arrivée de son cousin, mais cette fois les deux protagonistes sont associés dans la même naissance de la passion. Une série de questions oratoires, sous la forme d'interro-négatives généralisent **le parallèle entre l'enfance et l'amour,** et se conclue par une affirmation : « L'amour est notre seconde transformation. » Balzac songe-t-il à Madame Hanska, avec qui il vit ces débuts de la passion ? Les idées en elles-mêmes ne sont pas neuves : leur intérêt réside dans la nouveauté qu'elles installent dans la vie d'Eugénie : ces émotions, cette espérance, ces enfantillages, cette avidité de « saisir le temps », comme ils tranchent sur la monotonie de son existence passée ! **Chacun découvre ce qu'il ne connaissait pas** : pour lui, c'est la durée étale d'un amour pur et vrai ; pour elle, le bonheur, les pulsations d'un temps qui passe trop vite et qu'elle voudrait retenir. Deux images un peu contradictoires l'expriment : celle du courant de l'amour dans lequel elle se baigne, et celle de la branche qu'on saisit pour regagner le bord (p. 146). Toutes deux nous font comprendre qu'il y a là pour l'héritière une chance unique de bonheur, et qu'elle en est consciente. Cette intensité, ces jours si riches en émotion, elle n'aura pas trop de toute sa vie pour en goûter la saveur. Le jardin abrite leurs amours et les larmes qu'elle verse déjà. L'univers familier est devenu trop étroit. Elle qui ne voyait pas plus loin que l'église ou le pont, voici qu'« elle s'élançait par avance sur la vaste étendue des mers » (p. 151).

L'acmé de cet amour, c'est le **baiser** échangé dans le couloir. La scène est vive et charmante : un amoureux un peu entreprenant, le regard d'un père, une poursuite (des verbes de mouvement, des propositions juxtaposées), un enchaînement habile de gestes tendres. Elle est prête à l'amour, vierge mais ni guerrière ni desséchée : simplement une jeune fille sans expérience et qui aime. La réciprocité (« reçut et donna »), le don passionné (« le plus entier de tous les baisers ») nous indiquent qu'Eugénie est faite pour l'amour. Plus loin, les baisers et les larmes se multiplieront, et Charles osera même un geste plus intime. Le ton « peu grondeur » d'Eugénie montre qu'elle a pour lui toutes les indulgences et qu'elle y prend du plaisir. Plaisir d'aimer, d'être aimée et de se l'entendre dire, d'avoir le cœur qui palpite dans l'ombre d'un couloir. Les serments échangés donnent une **profondeur tragique** à ces instants : tous les deux sont sincères, mais Charles oubliera qu'un cœur comme celui d'Eugénie, une fois donné, ne se reprend pas. Son serment à lui, sans qu'il le sache, n'engage que la foi d'un instant ; celui d'Eugénie sa vie tout entière. « À toi, pour jamais ! fut dit de part et d'autre » (p. 151). Ce « jamais » qui signifie « toujours » est le dernier mot échangé entre les deux jeunes gens...

UNITÉ 14 (pp. 147 à 171)
Une tragédie bourgeoise

RÉSUMÉ

La vie reprend son cours, mais le départ de Charles laisse un grand vide dans l'existence d'Eugénie. Deux mois se passent, la fin de l'année approche. Madame Grandet découvre par hasard la disparition du trésor d'Eugénie, et appréhende le jour de l'an, date à laquelle Grandet demandera à voir l'or de sa fille. L'avare est pourtant d'excellente humeur, ravi du résultat sonnant et trébuchant de ses spéculations sur la rente. C'est à la fin du déjeuner du 1er janvier 1820, après lui avoir offert un napoléon, qu'il réclame à Eugénie son or. En apprenant qu'elle ne l'a plus, il explose. Mais, malgré ses menaces, elle refuse de livrer son secret. Furieux, Grandet la fait enfermer dans sa chambre, au pain sec et à l'eau cependant que Madame Grandet, déchirée, a dû s'aliter. Tout est rompu entre le père et sa fille, qu'il désavoue.

Un chapitre de crise

Cette séquence marque le début du chapitre 5 de la première édition d'*Eugénie Grandet*, intitulé : « Chagrins de famille ». Elle constitue la **crise** du récit, une scène centrale d'affrontement entre Grandet et Eugénie, préparée par les pages précédentes et construite autour du thème majeur du roman : l'or. Cette scène ne nécessite aucun artifice extérieur : elle est justifiée par les circonstances, précisées au début du roman – à chaque jour de l'an, Grandet offre une pièce à sa fille et demande à voir son trésor –, ainsi que par la nature même du protagoniste : son avarice qui aiguise son besoin de contempler de l'or. La vente récente du sien le rend d'autant plus désireux de voir celui de sa fille. La scène est donc amenée par une nécessité interne, parfaitement naturelle.

De plus, un certain nombres d'éléments, commentaires emphatiques ou signaux annonciateurs soulignés par le narrateur, contribuent à renforcer la **dramatisation**. Le lecteur attend donc cette crise, et la tournure tragique que prendront les événements est mise en relief à plusieurs reprises : « Dans trois jours devait commencer une terrible action, une tragédie bourgeoise sans poison, ni poignard, ni sang répandu ; mais relativement aux acteurs, plus cruelle que tous les drames accomplis dans l'illustre famille des Atrides » (p. 159). Cette comparaison avec des héros de la mythologie victimes des dieux et d'une terrible fatalité familiale amplifie l'écho de la scène qui va suivre.

Cette construction dramatique est aussi une sorte de manifeste esthétique : comme les dramaturges romantiques, Balzac revendique un tragique contemporain, qui n'a pas besoin de l'attirail poussiéreux du classicisme. On peut même dire qu'il va plus loin qu'eux, dans la direction d'un réalisme qui emprunte ses effets et ses causes au quotidien et à la vraisemblance, et non aux actions d'éclat de héros exceptionnels. Cette **« tragédie bourgeoise »** a pour cadre une ville de province, et pour héros des personnages issus de cette réalité. La scène entre Grandet et sa fille n'en aura que plus d'éclat. Le narrateur instaure donc un véritable suspense, en insistant sur l'attente angoissée des deux femmes (pp. 159, 163).

Le mouvement de la scène

Préparée par la découverte de la disparition du trésor et la pénible attente qui en résulte, en contraste avec la gaieté de Grandet due à ses gains sur la rente, la scène proprement dite commence à la fin du déjeuner, quand Grandet demande à Eugénie d'aller chercher son or et s'achève quand elle quitte la salle pour se réfugier près de sa mère. Elle se divise en quatre parties très nettes :

– la tirade de Grandet : « il faut que tu me donnes ton or » ; célébration joyeuse de l'or (pp. 164 et 165) ;
– la réponse d'Eugénie : « je n'ai plus mon or » ; malaise de Mme Grandet (p. 165) ;
– l'affrontement entre Eugénie et son père (pp. 166 et 167)
– la malédiction et la punition : « Je te maudis, toi, ton cousin, et tes enfants ! » (p. 167).

L'évolution de la scène est clairement indiquée par la comparaison entre les premiers et les derniers mots de Grandet qui passe de la gaieté bienveillante à la fureur autoritaire. (« Vous m'avez entendu, marchez ! ») Toutefois, ce crescendo est interrompu par une pause, au milieu de la scène, qui correspond au malaise de Mme Grandet et à l'absence momentanée d'Eugénie, montée pour aider sa mère. Cette **suspension** a une double fonction, très claire : elle sert à évacuer les personnages secondaires (Nanon a déjà été renvoyée par Grandet), et à laisser les deux personnages principaux en tête à tête. Toute l'attention se concentre sur le père et la fille, et la scène y gagne en force et en intensité. La reprise se fait alors avec d'autant plus d'élan et de violence. On voit l'efficacité de la construction dramatique, ainsi que ses implications psychologiques, notamment l'indifférence de Grandet à tout ce qui n'est pas son or.

Une scène de conflit

Dans cette scène de conflit ouvert, l'accent est d'abord mis sur tout ce qui **sépare** les deux personnages. D'abord leurs attitudes au début de la scène : Grandet, rendu euphorique par le succès de sa spéculation, manifeste sa **gaieté** sans voir à quel point elle indispose les deux femmes. Leurs sentiments sont donc inversement proportionnels, comme le souligne la construction en chiasme et le parallélisme (p. 163). Au vocabulaire affecteux et familier de Grandet, à la limite du ridicule : « ton pépère », « ma fifille », on devine une tentative de séduction dont l'objectif est explicitement formulé : « Il faut que tu me donnes ton or » (p. 146). La longue tirade, truffée d'interro-négatives qui appellent à la connivence et d'impératifs dévoilant l'autorité, révèle une volubilité exceptionnelle chez cet homme taciturne. Elle s'achève sur un véritable hymne à l'or, rythmé par les énumérations, les répétitions, les fricatives, qui résume sa conception du monde : « Vraiment les écus vivent et grouillent comme des hommes : ça va, ça vient, ça sue, ça produit. »

À cette excitation s'opposent **l'appréhension d'Eugénie**, sa souffrance, **sa fermeté** et son silence. Tout au long de la scène, elle garde son sang-froid, livrant la vérité en une phrase lapidaire : « Je n'ai plus *mon* or », se contentant souvent de monosyllabes ou de phrases courtes qui mettent en valeur l'essentiel de son argumentation, sans insolence ni concession. Son impassibilité n'est qu'une façade (plus tard, elle fondra en larmes dans les bras de sa mère), mais elle témoigne de sa force de caractère. Elle ne met pas en cause son amour filial (« Je vous aime et vous respecte », p. 166), mais défend calmement son bon droit : elle est libre de faire ce qu'elle veut de cet argent qui lui appartient, et elle est majeure. Autrement dit, l'essentiel de son argumentation repose sur sa **liberté**. C'est ce que ne peut supporter Grandet, et ce dont il va essayer de la priver.

Au cours de la scène, et devant la résistance de sa fille, Grandet devient de plus en plus **violent**. Il élève la voix jusqu'à crier : « pâlit, trépigna, jura » (p. 167). Sa colère est le révélateur de sa passion, ses réactions sont émotives, affectives. Or, cet homme est célèbre pour son sang-froid en affaires et son invulnérabilité. C'est donc qu'il a été profondément touché. Son discours parcouru d'exclamatives, d'interrogatives, d'hyperboles (« elle égorge son père ! ») , d'antithèses (« ce va-nu-pieds qui a des bottes de maroquin ») est le pendant exact des répliques implacables et brèves de sa fille. Selon un processus psychologique bien connu, plus elle est calme, plus il s'emporte. Le rythme du dialogue repose sur une alternance de répliques rapides s'enchaînant mot à mot, et de silences de la fille rompus par le flot de paroles du père. Ainsi, Balzac parvient à faire monter la tension dramatique tout en montrant le choc nécessaire de ces deux fortes personnalités. Car ce que Grandet ne supporte pas, c'est la mise en cause de son **autorité paternelle**, qui fait de lui le chef tout-puissant de la famille. Cette atteinte à son rôle est une blessure profonde. Un enchaînement de quatre questions le montre bien : « Vous méprisez donc votre père ? Vous n'avez donc pas confiance en lui ? Vous ne savez donc pas ce qu'est un père ? S'il n'est pas tout pour vous, il n'est rien. Où est votre or ? » (p. 166). On voit bien le glissement de l'amour paternel à la passion de l'or. C'est par cette logique d'avare que s'explique le comportement de Grandet, remis en question dans sa toute-puissance, et spolié dans ce qui lui tient le plus à cœur. Pour la première fois, Eugénie se revendique comme sujet, elle sépare ses biens de ceux de son père, elle dit « ceci est à moi ». Elle le touche dans ce qu'il a « de plus cher » (p. 148) : sa fille et son or.

Plus Grandet que Grandet

Mais ces deux êtres ont aussi des ressemblances. Ainsi, le comportement d'Eugénie est-il très proche de celui qu'adopte son père en affaires. Elle parle peu, se contentant parfois d'un signe de tête ; et surtout, elle ne cède pas. L'avare lui-même remarque cette filiation : « Elle est plus Grandet que je ne suis Grandet ». Le narrateur aussi souligne le **parallélisme**, puisque Eugénie est « devenue aussi rusée par amour que son père l'était par avarice ». Face à une telle détermination, Grandet comprend qu'il est vain de s'emporter. Il change de ton, adopte la même froideur : des phrases courtes, des injonctions, un champ lexical de l'autorité met fin à la scène, en renvoyant Eugénie dont, décidément, il sent qu'il ne pourra rien tirer.

Le sens de la scène apparaît clairement : il est dans le **choc de deux passions** et de deux personnalités aussi fortes l'une que l'autre. Elle a donné par amour l'or que son père lui avait donné par avarice. Dans les deux cas, cet or est un dépôt sacré, et surinvesti. Le génie de Balzac consiste à confronter non pas une victime et son tyran, mais deux êtres dominés par des passions divergentes et unis par des liens indissolubles. C'est de l'affrontement de ces forces que naît le tragique. La scène suivante, au pied du lit de Mme Grandet, ne fait que parachever le conflit : « Elle n'a plus de père », annonce Grandet à sa femme, qui en mourra. Sommet du roman, cette séquence marque bien les débuts de ces **« chagrins de famille »** que l'auteur avait choisi pour titre.

UNITÉ 15 (pp. 171 à 179)
Le châtiment d'Eugénie

RÉSUMÉ

La réclusion d'Eugénie ne va pas sans susciter la curiosité des Saumurois. Malgré les dénégations de Nanon qui défend son maître, chacun sent qu'il s'est passé quelque chose chez les Grandet. Mais l'avare se montre inflexible et se contente d'observer sa fille à la dérobée pendant qu'elle se coiffe. Madame Grandet, minée par ce conflit, s'affaiblit peu à peu, comme transfigurée par la souffrance qu'elle accueille d'une âme chrétienne. Elle finit cependant par s'en ouvrir à Cruchot qui promet d'intervenir. Il démontre habilement à Grandet que son obstination risque de lui coûter très cher puisque Eugénie est la seule héritière de sa mère et a donc le droit de faire vendre une partie des biens familiaux pour récupérer sa part. Ébranlé, puis épouvanté par cette perspective, Grandet décide de se réconcilier avec sa fille.

COMMENTAIRE

La rumeur

À force de vivre avec la famille Grandet dans le huis-clos de sa maison, le lecteur finirait par oublier le reste de la ville. Ces pages nous rappellent que les Grandet, plus que quiconque à Saumur, vivent sous le regard de leurs concitoyens. C'est le propre de **la province** que cette absence d'anonymat, cette curiosité exigeante que nous a déjà signalées l'*incipit*. Les changements survenus chez les Grandet n'échappent donc pas aux habitants de la ville : ils constituent un sujet universel de conversation. Les familiers de la maison, les Cruchot et les des Grassins seront les premiers à découvrir « le secret de sa réclusion », et les uns ou les autres se chargeront d'en avertir le reste de la ville. La répétition du mot « secret », des verbes tels que « cacher », « trahir », « apprendre », la série de complétives juxtaposées qui énumèrent les informations obtenues (p. 172) insistent sur cette circulation de la rumeur dans une ville de province présentée comme une **entité collective aux aguets**. De la même façon, le jugement social qui est formulé à la manière d'un tribunal religieux montre qu'il s'agit bien d'une inquisition, le terme désignant à la fois le tribunal lui-même et un sentiment de curiosité excessif. Le père et la fille Grandet sont tous les deux victimes de cette indiscrétion qui est aussi une sorte de règlement de comptes de la part de l'opinion publique. Point de pitié pour Eugénie, mais une curiosité malsaine qui la traque.

Toutefois, elle reste indifférente à ces regards qui la suivent. Les voit-elle seulement ? Son monde se limite désormais à quelques éléments : « la mappemonde, le petit banc, le jardin, le pan de mur ». Ce **microcosme sentimental** lui permet de voyager dans le passé et le futur, et résume son univers. Comme son père, elle ignore aussi longtemps que possible les rumeurs : supérieure à ceux qui l'entourent, différente, elle est protégée par son rêve d'amour comme son père l'est par son égoïsme.

« Un ange de douceur »

Bien différente est Madame Grandet. Cette femme est sans doute le personnage sacrifié du roman, et le plus étranger à notre sensibilité moderne. Difficile pour un jeune lecteur de comprendre et d'apprécier cette femme disgracieuse, soumise à la tyrannie de son mari, littéralement inexistante au début du roman. Grandet l'a épousée pour sa fortune, et il la méprise bien plus qu'il ne méprise Nanon ou Eugénie. Il a pour elle la dureté des despotes envers ceux qui ne savent pas leur résister. Elle ne semble posséder **d'existence que maternelle et religieuse**. Pourtant, elle est moins simple qu'il n'y paraît. Par amour pour sa fille, elle est capable de comprendre un sentiment qu'elle n'a jamais éprouvé. Elle ne condamne pas la passion d'Eugénie pour Charles, elle fait preuve d'indulgence et n'en craint les conséquences que pour mieux voler au secours de sa fille. Cette chrétienne va jusqu'à mentir à son mari pour protéger sa fille.

L'approche de la mort la délivre de sa faiblesse morale, et elle devient capable de fermeté face à son mari. Sans doute sait-elle que plus rien ne peut lui arriver. Mais surtout, la souffrance produit sur elle une véritable transformation : cette **transfiguration** sur laquelle insiste Balzac est aussi bien morale que physique, l'apparence reflétant une fois de plus l'intériorité du personnage. Le vocabulaire religieux souligne cette métamorphose qui s'accomplit sous le signe de la lumière et de la pureté. Les termes ne sont pas très éloignés de ceux utilisés pour décrire Eugénie : cet « ange de douceur » est une illustration de la destinée féminine telle que Balzac l'a évoquée page 157 : « Sentir, aimer, souffrir, se dévouer sera toujours le texte de la vie des femmes ». Mission discutable – ô combien ! – pour notre époque, mais qui, à travers le personnage de Madame Grandet, conquiert une certaine noblesse. Être de sacrifice, elle possède aussi les vertus du pardon. C'est grâce à son entremise auprès de Cruchot que Grandet se réconcilie avec sa fille : elle pourra mourir quelques mois plus tard, auréolée d'une lumière dorée comme celle des écus de son mari.

Un père terrible

La décision de Grandet paraît d'abord **irrévocable** : « Il restait inébranlable, âpre et froid comme une pile de granit » (p. 172). Combien de temps a-t-il l'intention de garder Eugénie enfermée ? Nous n'en savons rien. Rien ne nous est dit par le narrateur sur ses pensées profondes. Il nous est montré aussi insensible aux larmes et à la souffrance de sa femme qu'aux critiques de ses compatriotes. Il continue à vaquer à ses occupations, ne prend même pas la peine de répondre à sa femme, de plus en plus silencieux, de plus en plus fermé. Seuls quelques dysfonctionnements semblent trahir un trouble : il ne bégaie plus, il fait des erreurs de calcul. Sans doute est-il lui aussi miné de l'intérieur, et peut-être pas seulement dans son amour paternel : c'est aussi son héritière qui lui glisse entre les mains. Mais fait-il la différence entre les deux ? Remarquons simplement la discrétion du narrateur qui préfère nous montrer son personnage de l'extérieur sans nous livrer d'interprétation. On peut seulement imaginer que Grandet est bien conscient d'un désastre au sein de sa famille, jadis unie, fût-ce sous son autorité. Ces gens-là s'aimaient. Et voici la fille d'un côté, le père de l'autre, la mère clouée dans son lit. Sans doute est-il durci, enfermé dans son conflit « entre les pensées que lui suggér[e] son caractère et le désir d'embrasser son enfant » (p. 176) . Grandet n'est pas un père indigne ou dénué de sentiment : il est un homme sanglé dans la cuirasse de son « caractère », buté, persuadé d'avoir raison – mais tenaillé aussi par cet amour pour sa fille et héritière, sa « fifille ».

Une scène célèbre le montre bien, qui a pour cadre le lieu même des amours de Charles et d'Eugénie : le jardin et le petit banc. Grandet prend l'habitude de venir **voir sa fille** se coiffer à sa fenêtre. On a beaucoup glosé sur ce voyeurisme paternel, construit comme un rituel que soulignent l'imparfait et l'adverbe « souvent ». Ce qui frappe, c'est l'aspect onirique et érotique de cette contemplation, ainsi que la complicité qui unit le père et la fille : non seulement elle se prête au jeu, mais elle le regarde elle aussi à la dérobée, et s'offre « complaisamment » à ses regards. Les commentateurs ont remarqué que les plantes qui recouvrent le pan de mur, cheveux de Vénus ou *sedum*, ont elles aussi une connotation amoureuse, comme si Balzac avait multiplié les indices. Enfin, cette scène fait pendant à la toilette d'Eugénie qui suivait le soir de l'arrivée de Charles. Sans en exagérer la portée, force est de convenir qu'il y a là une volonté explicite de l'auteur d'insister sur **l'amour** qui unit le père et la fille, et par là même la force de l'avarice et de la rancune qui tenaillent Grandet. On a envie d'écrire : « S'il ne tenait qu'à lui, il pardonnerait... ». Mais c'est plus fort que lui : l'argent compte plus que tout, ce même « tout » qui désigne Charles dans la bouche d'Eugénie à la page 173.

Voilà pourquoi **l'argumentation de Cruchot** est particulièrement habile. Il ne perd pas de temps à discuter morale ou sentiments, mais va droit au but : si Grandet ne se réconcilie pas avec sa fille, il va droit au partage des biens, donc à la vente de Froidfond. En insistant sur la valeur financièrement dérisoire de ce qu'il reproche à sa fille, comparée aux sommes cent fois plus importantes qu'il risque de perdre, il utilise les seuls arguments que peut entendre Grandet. L'effet est foudroyant. À peine réconforté, comme un enfant, par la hausse de la rente, il monte chez sa femme et lui annonce la nouvelle. Son agitation et son exubérance peuvent laisser penser qu'il met ainsi fin au conflit entre son intérêt et son affection : autant qu'avec Eugénie, c'est avec lui-même qu'il est réconcilié.

UNITÉ 16 (pp. 179 à 189)
La réconciliation

RÉSUMÉ

Grandet se résout donc à la réconciliation dans la crainte insupportable de voir la maîtrise de sa fortune lui échapper. En entrant chez sa femme, il la surprend qui contemple avec Eugénie le précieux nécessaire laissé en dépôt par Charles. Il veut s'en saisir pour en détacher l'or, mais Eugénie s'y oppose très violemment. Elle est prête à se tuer s'il y porte la main. Madame Grandet perd connaissance. Il finit par céder, et se confond en gâteries devant les deux femmes étonnées. Mais cette scène a épuisé Madame Grandet dont la santé décline malgré les soins du médecin, et elle meurt en octobre 1822. À peine a-t-on pris le deuil que Grandet obtient d'Eugénie qu'elle renonce à la succession de sa mère. Elle accepte cette spoliation avec indifférence.

Cinq années passent. L'âge contraint Grandet à confier ses affaires à sa fille. Vers la fin de 1827, atteint de paralysie mais toujours possédé par sa folle passion de l'or, il meurt comme il a toujours vécu : en avare.

COMMENTAIRE

Le temps qui passe...

Sans doute est-il nécessaire de revenir sur quelques **données temporelles** qui nous permettront de nous interroger sur la façon dont est mené le récit.

La réclusion d'Eugénie a duré six mois environ, puisqu'elle a commencé au jour de l'an et que c'est vers la fin du printemps que Madame Grandet fait appel à Cruchot (p. 175). Le soir même de l'intervention du notaire, Grandet se rend chez sa femme et découvre le nécessaire confié par Charles. Nous sommes donc aux environ de juin 1820. La mort de Madame Grandet ne survient que deux ans plus tard, en octobre 1822. Voilà qui paraît étonnant, puisque le médecin, Monsieur Bergerin, ne lui a accordé qu'un sursis de quelques mois : « vers la fin de l'automne ». Rien n'indique que sa compétence puisse être mise en doute. En réalité, dans les premières éditions, Balzac faisait mourir Madame Grandet en 1820, ce qui est plus vraisemblable. Très peu de temps après, lors de la prise de deuil, a lieu la scène de la spoliation d'Eugénie. Dans cette accélération de la durée, on constate l'effroyable hâte de Grandet, dont le seul souci est de conserver sa fortune.

Pendant deux ans, il va initier sa fille à ses affaires, conscient sans doute de son déclin et de la confiance qu'il peut accorder à l'héritière. Cinq après la mort de sa femme, la paralysie le gagne, et il meurt à la fin de l'année 1827. Cette fois encore, Balzac a commis une erreur de « calcul ». Né en 1749 (il a quarante ans en 1789 et cinquante-sept ans en 1806), Grandet ne peut être que dans sa soixante-dix neuvième année. Il en allait ainsi, du reste, dans les premières éditions.

Que nous apprend ce rapide calcul ? Que cette séquence recouvre sept ans, de 1820 à 1827, soit un laps de temps considérable si l'on considère qu'à peine huit mois s'étaient écoulés depuis le début du roman. Ce décalage entre le temps réel et la durée romanesque (huit pages pour sept ans) produit un effet d'**accélération brutale et de rupture** dans le rythme du récit. Cette rapidité est contrebalancée, toutefois, par la narration détaillée de deux scènes majeures – celle du nécessaire en or et celle de la mort de Grandet – qui n'en prennent que plus de relief. Quant au survol de ces cinq années qui suivent la mort de Madame Grandet, il est justifié par le narrateur lui-même : « Cinq ans se passèrent sans qu'aucun événement marquât dans l'existence monotone d'Eugénie et son père » (p. 187). Autrement dit : il n'y a rien à raconter.

Une scène paroxystique (pp. 180 à 183)

Le point culminant de l'affrontement entre le père et la fille est sans doute marqué par la scène du nécessaire en or, d'une extrême violence. Les autres épisodes, qu'il s'agisse de ceux du sucre ou du jour de l'an, frappaient par le sang-froid d'Eugénie qui contrebalançait la colère de Grandet. Cette fois, les deux personnages sont emportés par une même violence et, si l'avare finit par céder et reculer, c'est parce qu'il mesure le danger. Son ultime hésitation, les regards qu'il jette tour à tour sur l'or et sur sa fille traduisent la force de sa passion. Quant à Eugénie, elle est prête à se tuer comme l'attestent les réponses de sa mère et de Nanon à la question de Grandet. L'enjeu est clair, ainsi que la symétrie établie par Eugénie elle-même : attenter à ce nécessaire, dépôt sacré de son cousin, c'est attenter symboliquement à la vie de celui-ci. Au couteau qu'a saisi Grandet pour faire sauter une plaque d'or, répond le couteau qu'a saisi la jeune fille et qu'elle retourne contre elle : « **blessure pour blessure** » (p. 181).

La violence est présente aussi bien dans les gestes des deux personnages que dans leurs paroles. L'avare saute sur le nécessaire « comme un tigre fond sur un enfant endormi » : et n'est-ce pas ainsi que les choses se passent avec sa fille, perdue dans la contemplation des portraits de Charles et de sa mère quand son père fait irruption dans la chambre ? Puis il la repousse si fort qu'elle tombe sur le lit de sa mère. Elle-même se traîne à genoux, puis saute sur le couteau. Les verbes de mouvement sont nombreux. La douce Eugénie crie (le verbe est répété plusieurs fois), de même que Nanon. Enfin le tout se passe au pied du lit de Madame Grandet qui s'évanouit.

Ce paroxysme traduit une fois de plus le choc de deux passions de force égale. Il montre à quels excès elles peuvent conduire deux êtres qui s'aiment sans doute, mais sont prisonniers d'attachements encore plus forts. L'aspect théâtral de la scène est particulièrement sensible dans la réplique d'Eugénie (p. 181), scandée par une triple anaphore* qui souligne de façon emphatique le désespoir de la jeune fille. Nous sommes en plein **drame**, comme l'entendait Diderot : les sentiments s'expriment à travers le langage et la gestuelle, le déchirement est celui d'une famille dont tous les membres sont présents et jouent leur partition dans ce concert, qui s'achève étrangement par la brusque reculade de Grandet.

Un langage grotesque, à la limite du **comique,** succède au tragique « Madame se meurt » de Nanon : « fifille », « mémère, timère », ces mots nous rappellent que Grandet n'a pas perdu de vue son intérêt supérieur et que, cette fois, il ne confondra pas un « petit coffre » avec la fortune qui risque de lui échapper s'il ne se réconcilie pas avec sa fille. Il sombre du coup dans l'excès inverse, promet plus qu'on ne veut...sans oublier de rempocher ses louis d'or.

La mort d'un avare

Dès le début de cette séquence, Balzac insiste sur la progression de l'avarice de Grandet, devenue une « **monomanie** ». Loin de l'affaiblir, l'âge fait de la passion une maladie. « Ainsi la mort de cet homme ne contrasta-t-elle point avec sa vie » (p. 187) : le récit de cette mort sera donc une vision densifiée de la vie du personnage, la quintessence du type.

Les personnages qui l'entourent sont ceux-là mêmes qui ont composé son univers : Eugénie, avec qui la relation s'est inversée puisque c'est lui qui dépend d'elle désormais, malgré toute la patience et le dévouement de la jeune fille ; Cruchot, toujours intéressé mais fiable, qui gère les domaines pour lui ; Nanon, toujours fidèle.

Son **univers s'est rétréci**. Son espace se limite à sa chambre et à son cabinet : d'abord circulant avec son fauteuil entre la cheminée de sa chambre et la porte de son cabinet, puis assis au coin du feu devant la porte de son cabinet, enfin couché sur son lit de mort, cet homme si actif, qui parcourait ses terres et sortait matin et soir, est cloué dans un fauteuil, obligé de déléguer aux autres la surveillance de ses propriétés dont l'énumération marque l'étendue. Cette impuissance, cette régression qui s'exprime dans la comparaison avec l'enfant comme un trait de gâtisme, s'accompagne encore du besoin compulsif de surveiller, de vérifier et de superviser. L'ouïe est restée fine, l'œil aux aguets. Mais il s'y mêle une méfiance maladive devenue de l'« anxiété » (p. 180) et de la « peur panique », particulièrement sensible dans les ordres et les questions (p. 188).

Car c'est bien à **l'agonie d'un avare** fabuleusement riche que nous assistons. Les sacs d'argent et d'or qui s'entassent dans le cabinet secret et que pour la première fois nous apercevons par la porte entrouverte, prennent une dimension mythique : cette transmutation paraît s'opérer d'elle-même, et le mot « or » qui rime avec « trésors » revient comme une obsession à travers ces pages. Le caractère monomaniaque de cette passion transparaît dans les paroles de l'avare, rapportées au style direct : « Veille à l'or, mets de l'or devant moi ». Contempler et toucher l'or est un besoin physique qui le plonge dans une béatitude quasi mystique. Le point culminant est atteint lors de l'extrême-onction, quand l'argent du bénitier et le vermeil du crucifix attirent irrésistiblement Grandet, dans un geste sacrilège. Ainsi sont franchies les dernières limites, dans cette exaspération de la manie qui, à la place de la bénédiction qu'attend sa fille, fait prononcer à l'avare une ultime recommandation qui fait de son héritière une mandataire pour l'au-delà.

Cette scène porte ainsi à son apogée la description des ravages de la passion, en conférant à Grandet une dimension à la fois **terrifiante et grotesque**.

UNITÉ 17 (pp. 189 à 194)
L'héritière

RÉSUMÉ

La mort de son père laisse Eugénie seule en compagnie de Nanon, et plus riche que jamais : sa fortune est estimée désormais à dix-sept millions. C'est dire si elle est l'objet de toutes les convoitises. Nanon, généreusement dotée par sa maîtresse, épouse Cornoiller, le garde des Grandet, et le couple compose avec une femme de chambre et une cuisinière, un personnel dévoué et zélé. Une véritable cour se forme autour de l'héritière, et les Cruchotins la flattent tout en vantant les mérites du président de Bonfons. Pourtant, même si elle s'habitue à ces hommages, Eugénie n'a qu'une pensée en tête, un souci au cœur : Charles qui, en huit ans, n'a toujours pas donné signe de vie.

COMMENTAIRE

Ce passage constitue une transition entre la mort de Félix Grandet et le retour de Charles. Il retrace la vie d'Eugénie demeurée seule en compagnie de Nanon, tout en rappelant la donnée majeure de cette existence : le silence de Charles, parti depuis plus de sept ans.

Le changement...

Quelques modifications sont intervenues. La plus notable concerne **Nanon**. Son statut a changé à maints égards : de simple servante, elle est devenue pour Eugénie une confidente et une amie. D'une certaine manière, elle remplace sa mère et lui permet de reconstituer le couple qu'elle formait avec elle : comme Mme Grandet, Nanon aime Eugénie pour elle-même, et prête une oreille bienveillante à ses soucis amoureux. Mais elle hérite aussi de certaines attributions de son maître, puisqu'elle peut à son tour régir les dépenses de la maison. Parallèlement, sa condition sociale s'est améliorée : elle devient riche et se marie. Cette transformation du destin de Nanon qui, de pauvre rebut, devient une bourgeoise respectée, marque le dénouement du roman. Personnage positif, donc, que le romancier a voulu récompenser de son dévouement et de sa robuste pureté. Image aussi d'une femme du peuple accédant par le travail et l'économie à la classe supérieure, et d'un être déshumanisé reconquérant sa féminité.

Autre nouveauté : un bilan clair et précis nous est donné de la **fortune** de Mademoiselle Grandet. Le secret jalousement gardé par l'avare n'a plus de raison d'être : l'estimation faite par Cruchot est considérable pour l'époque, et fait d'Eugénie l'une des plus riches héritières de France.

Les **conséquences** s'en font sentir. Eugénie est indépendante et, libérée de la tyrannie paternelle, elle peut apporter quelques améliorations à son train de vie. Son personnel n'est plus limité à une servante, bonne à tout faire, mais s'est enrichi d'une cuisinière et d'une femme de chambre. Si l'on y ajoute Nanon et son mari, ce sont quatre personnes qu'elle emploie, soit une domesticité en rapport avec son niveau de vie même si, au regard de l'époque, cela constitue une domesticité modeste ; une Parisienne en eût agi autrement. Elle ne se contente plus de la robe offerte deux fois l'an, et les travaux de couture sont désormais assurés par la femme de chambre. Enfin, des soirées mondaines se déroulent tous les jours chez elle ; l'assemblée semble être nombreuse (« la salle se remplissait »), et le whist, ancêtre du bridge et très à la mode au XIXe siècle, a remplacé le loto. Eugénie semble donc avoir renoncé à l'austérité paternelle même si, grâce aux Cornoiller, les domaines sont encore gérés avec rigueur.

Enfin, Eugénie est devenue une véritable **reine**. La mort de Grandet laisse le champ libre aux prétendants et aux flatteurs. Cet avantage profite surtout aux Cruchot puisque des Grassins et son fils sont à Paris. Les Cruchotins forment une cour autour de l'héritière, et la maison Grandet devient une sorte de petit Versailles : « C'était une reine, et la plus habilement adulée de toutes les reines ». La réaction d'Eugénie à ces flatteries est intéressante à observer ; elle s'y habitue, comme le montre une série de verbes et d'adverbes tels que « insensiblement », « s'accoutuma », finit par aimer », « se laissa traiter » (p. 192). Mais elle ne réagit pas en vraie coquette, et reste passive. La jeune fille qui se trouvait laide huit ans plus tôt y trouve une source de confiance, un plaisir secret mais sans véritable narcissisme : ces hommages, elle les dépose « aux pieds de son idole », autrement dit, ils n'ont d'intérêt à ses yeux que parce qu'ils la rendent enfin digne de Charles.

C'est aussi l'occasion pour l'auteur de dresser une **satire sociale**, qui ridiculise une fois de plus les mœurs de province : mensonges éhontés, flatteries grossières, insinuations sont rapportés au style direct et composent une véritable comédie dans laquelle le président joue le premier rôle, allant jusqu'à affecter des allures de dandy : mais si Charles était comparé à un paon dans une basse-cour, le président, plus bouffon que Bonfons, ne ressemble qu'à un dindon ! La reprise de la métaphore de la basse-cour souligne la supériorité de l'absent et le ridicule de cette « cour » qui évoque plus un poulailler qu'un palais. La satire devient même mordante avec l'image de la meute : Eugénie n'est pas seulement une victime, elle est une « proie ». Ces images empruntées à la vie de province sont donc parfaitement en situation. Quant au bouquet quotidien du président, il finit dans la poubelle, ce qui en dit long sur les sentiments de Mademoiselle Grandet.

... dans la continuité

Car il faut se rendre à l'évidence : **rien n'a vraiment changé** en profondeur pour Eugénie. Les transformations n'affectent que la surface des choses : « La scène par laquelle commence cette histoire était à peu près la même que par le passé » (p. 193). La mort de Grandet n'a fait que rendre plus avides les Cruchot. Plus fondamentalement, on peut se demander si Eugénie a le désir et les moyens de changer quelque chose à sa vie. Elle est en attente, rivée à ces lieux qui ont vu son enfance et ses amours, et verront peut-être le retour de Charles. L'élan qui l'a portée vers le bonheur est comme suspendu, cette belle au bois dormant est à nouveau figée dans la posture où l'a laissée le baiser de son prince charmant. Un bref résumé de son existence (p. 191) souligne l'incomplétude de son destin, et le principe de **mélancolie** qui baigne sa vie. Ce mot présent au début et à la fin du roman en l'une des clefs.

L'allusion à Pénélope, la femme d'Ulysse qui attendit son mari en défaisant la nuit l'ouvrage réalisé le jour, éclaire cette idée d'un **temps immobile**, où rien ne se passe. Eugénie est un être de **religion** : religion de l'Évangile, religion de l'amour. Le temps de la religion est anti-événementiel, pure répétition du rituel – ainsi, les ex-votos formés non par les portraits de ses propres parents mais par ceux de Charles, ou le dé en or mis « religieusement » à son doigt, comme la bague que l'infidèle n'y glissera jamais – et il est aussi éternité, comme l'amour qu'elle porte à son cousin. La fusion du sentiment religieux et du sentiment amoureux explique son indifférence à sa fortune : celle-ci a moins de réalité que les trésors laissés en dépôt par Charles, qu'elle adule avec dévotion et fétichisme.

L'amour est devenu une véritable **obsession** pour Eugénie, comme l'était l'or pour son père. Ainsi semble-t-elle étrangement absente de la réalité, comme somnambule : « Elle se retirait en elle-même, aimant et se croyant aimée » (p. 191). Elle ne vit que pour cet amour qui ressemble de plus en plus à une illusion dont elle est la dupe touchante. Pas une seule fois elle ne met en doute la fidélité de Charles, simplement, elle s'interroge : les seules paroles d'Eugénie au style direct sont des questions sans réponse : « Où est donc mon cousin ? « , « Comment, il ne m'écrira pas une fois en sept ans ? ». Son étonnement ressemble de plus en plus à une stupeur. Comme est stupeur son immobilité dans la salle vide, « où tout était souvenir », la chaise de sa mère comme « le verre dans lequel avait bu son cousin » (p. 189). Bientôt, même l'espoir lui sera refusé : nous approchons du dénouement.

UNITÉ 18 (pp. 194 à 199)
Les aventures de Charles Grandet

RÉSUMÉ

Qu'est devenu Charles durant tout ce temps ? Doué du sens des affaires, il a rapidement fait fortune aux Indes. Il a voyagé, il a changé de nom, s'est livré au commerce des esclaves et à toutes sortes de malversations. Poussé par son désir de réussir, il a perdu tout scrupule et tout sens moral. Ses aventures l'ont entraîné bien loin d'Eugénie, et il a oublié les serments échangés.

En juin 1827, sur le navire qui le ramène en France, il a fait la connaissance d'une famille de nobles désargentés, les d'Aubrion. Madame d'Aubrion s'est mis en tête de faire épouser à Charles sa fille, un laideron sans dot qu'elle a élevé en vue d'un mariage avantageux. Elle fait miroiter au jeune homme cette association qui pourrait leur être profitable à tous. Conquis, il se prépare à épouser Mathilde d'Aubrion, et renvoie avec insolence des Grassins venu l'entretenir des dettes de son père.

COMMENTAIRE

La route de la fortune

Cette séquence se présente comme une analepse*, c'est-à-dire un retour en arrière. Le lecteur sera informé des événements survenus dans la vie de Charles avant Eugénie elle-même, et ce passage répond donc aux questions que nous pouvions nous poser, tout comme elle. Il s'agit d'un véritable roman en réduction, un **roman d'aventures** comme les aimait le public de l'époque, et dont l'insertion peut surprendre dans cet anti-feuilleton qu'est *Eugénie Grandet*. Cette parenthèse biographique prend le contrepied exact du roman. À l'espace rétréci de la maison Grandet, rappelé par l'énumération de la page 195 et le souvenir gardé par Charles du « petit jardin encadré de vieux murs », correspondent des horizons nouveaux, exotiques et colorés : le passage de l'Équateur, les régions intertropicales, les Indes, les côtes d'Afrique, Saint-Thomas, Lisbonne, les États-Unis. Une humanité bigarrée peuple ses rencontres, nègres, Chinois, mulâtresses, Javanaises, almées, et contraste avec la société uniforme de Saumur. Cet éclatement de l'espace romanesque va de pair avec un style alerte, où les phrases se succèdent sans mots de liaisons et ont la plupart du temps Charles pour sujet de l'énonciation.

Le maître-mot de ce passage est **« fortune »**. Le champ lexical qui lui est consacré est considérable : acheter et vendre, affaires, intérêts reviennent comme un leitmotiv, et les chiffres cités permettent de se faire une idée des bénéfices du jeune homme : parti avec une pacotille de trois mille francs, auquels s'ajoutaient les six mille francs d'Eugénie et dix mille francs envoyés par ses amis, il en tire six mille dollars. Sept ans plus tard, il rentre en France riche de près de deux millions de francs en or, enfermés – tradition familiale ? – dans des tonneaux. La filiation avec Grandet s'impose : « le sang des Grandet ne faillit point à sa destinée ». Mais les moyens utilisés par Charles pour faire fortune n'ont rien à voir avec ceux de son père et de son oncle. Grandet était rusé mais honnête. Il utilisait les lois mais les respectait. Ses affaires avaient pour socle la culture de ses vignes et la vente de son vin. Charles ne vend pas le produit de son travail, mais des êtres humains, il se livre aux pires trafics, puisqu'il va jusqu'à vendre des enfants et des artistes : « L'habitude de frauder les droits de douane le rendit moins scrupuleux sur les droits de l'homme » (p. 195). Ce parallèle frappant nous montre le chemin parcouru par Charles en quelques années.

Carl Sepherd

La **métamorphose** de Charles est symbolisée par son changement d'identité, moyen commode de se livrer à son commerce en mettant son nom à l'abri. Ce pseudonyme a une consonance nordique, mi-allemande, mi-anglaise et le rend donc difficile à situer. Il convient à merveille à l'aventurier sans foi ni loi qu'est devenu Charles, baroudeur et trafiquant sans scrupules. Le dandy frivole, le jeune homme sensible ont disparu. Balzac avait pris soin d'anticiper sur cette métamorphose en nous expliquant la genèse de la personnalité de Charles, et le caractère superficiel de ses émotions : « Il avait été trop constamment heureux par ses parents, trop adulé par le monde pour avoir de grands sentiments » (p. 134).

Ses expériences nouvelles, ses voyages, loin de lui ouvrir l'esprit, brouillent ses **repères moraux**. Le désir de s'enrichir rapidement le plonge dans une activité incessante. À l'élargissement de son univers extérieur, correspondent le rétrécissement de son monde intérieur et le durcissement de ses sentiments. Le jeune homme sensible qui pleurait la mort de son père est devenu « infatigable, audacieux, avide » : « son cœur se refroidit, se contracta, se dessécha ». Ces groupes ternaires insistent sur l'émergence de cette nouvelle personnalité, égoïste et dure. Tout se passe comme si le jeune homme mourait à lui-même, et que l'homme qui rentrait en France n'avait plus rien à voir avec celui qui avait embarqué sept ans plus tôt. Tout tend à expliquer le silence de Charles et une phrase l'éclaire cruellement : « Eugénie n'occupait ni son cœur ni ses pensées, elle occupait une place dans ses affaires comme créancière d'une somme de six mille francs » (p. 195). Cet homme qui n'a pas trente ans a donc coupé les ponts avec son passé. S'il rentre en France, c'est en homme neuf, bien décidé à se tailler la part du lion dans la société parisienne.

À travers ce personnage dont l'énergie tout entière se trouve orientée vers un but unique, s'enrichir et réussir, Balzac esquisse un modèle déjà familier à ses lecteurs. Mais pour être un grand personnage balzacien, il manque à Charles Grandet une épaisseur et une profondeur que le romancier lui a refusées. Le dandy fragile n'a réussi à devenir qu'un parvenu brutal, plus proche de Bel-Ami que de Rastignac. L'illusion d'Eugénie n'en est que plus cruelle. Malgré ses manières hardies, comme le sont celles « des hommes décidés à trancher, à dominer, à réussir », Charles restera un **personnage secondaire et médiocre**. Dans *La Maison Nucingen*, il perdra même une grande partie de sa fortune. Juste retour des choses ?

Du côté du faubourg Saint-Germain

Parti fin 1819, sous la Restauration, Charles rentre en France sous le règne de Charles X. Entre-temps, la royauté s'est raffermie et la **noblesse** a retrouvé sa place et ses privilèges. Le brick qui le ramène porte le prénom de la duchesse de Berri qui avait fomenté une insurrection royaliste en 1832, et le faubourg Saint-Germain, emblématique de la noblesse parisienne, est un lieu fermé « où tout le monde voulait entrer » (p. 198). Comme Balzac quelques années plus tôt, Charles est conquis par les idées aristocratiques. La rencontre avec les d'Aubrion s'inscrit dans ce contexte sociopolitique.

En arrière-plan, donc, une actualité récente et des pratiques courantes à l'époque : un **mariage de convenance** qui servira les intérêts des deux parties : la fortune du séduisant Grandet en échange d'un titre et d'une carrière brillante. Tout comme Eugénie, la jeune fille n'est qu'un pion sur l'échiquier des intérêts : sa laideur et son nez aussi bleu que son sang augurent mal de la fidélité de son futur époux ! Elle est le prototype d'une caste, tant par les traits caricaturaux de son physique que par l'éducation que lui a donnée sa mère, exclusivement orientée vers la capture d'un mari. Ses handicaps (laide et sans dot) sont l'occasion d'un portrait piquant et plein d'humour. Quant à sa mère, elle n'est pas sans rappeler une Madame des Grassins aristocratique. Prête à tout pour marier sa fille, y compris l'engagement personnel (p. 197), elle est assez habile pour faire miroiter aux yeux de ce gendre inespéré une carrière parisienne des plus brillantes.

L'**ascension sociale** de ce fils de négociant passe donc par une alliance dans laquelle, à aucun moment, il n'est question de sentiments. Nous sommes à des années-lumière des rêves d'Eugénie, de sa passion, de ses prières. Elle n'est pour Charles « qu'un point dans l'espace de cette brillante perspective » (p. 198). Quant à Annette, troisième figure de ce faubourg Saint-Germain, elle a parfaitement compris le profit qu'elle pouvait tirer de ce mariage, et fidèle à sa realpolitik, elle l'encourage dans cette voie.

On voit comment ces trois personnages féminins : la mère, la fille, la maîtresse jouent un rôle actif dans la destinée de Charles. Aux antipodes de la maison de Saumur, l'hôtel d'Aubrion où se prépare le mariage de Charles représente son nouvel univers. En s'apprêtant à changer une troisième fois de nom, il achève sa métamorphose. Comment s'étonner, en ce cas, qu'il ne reconnaisse même pas des Grassins et refuse d'acquitter les dettes de son père ? Charles a oublié le passé.

UNITÉ 19 (pp. 199 à 212)
La fin des illusions

RÉSUMÉ

C'est un matin d'août 1827 qu'arrive la lettre tant attendue. Charles a enfin écrit ! Hélas, c'est pour apprendre à Eugénie ses projets de mariage et lui demander de reprendre sa parole. L'univers de la pauvre fille s'écroule. Elle songe un moment à entrer dans les ordres, mais suit finalement le conseil de son confesseur, et choisit d'épouser le président de Bonfons. Elle lui fait part de sa décision et des réserves qu'elle comporte (le mariage ne sera pas consommé), et le charge d'une mission : régler la dette de Victor Grandet, intérêts et capital, afin que Charles puisse se marier. Trois jours plus tard, ses propres bans sont publiés. Elle épouse Cruchot de Bonfons dont la carrière s'annonce brillante.

La mise en scène de la lecture d'Eugénie

Sept ans, presque huit qu'Eugénie attend une lettre de Charles. C'est dire le soin qu'a apporté Balzac à la rédaction de ce passage, peut-être le plus émouvant du roman. Le lecteur est dans la confidence, à la fois des projets de Charles et des espoirs d'Eugénie. Théoriquement, il *sait* ce que contient cette lettre. Pourtant, la scène est marquée par une tension dramatique qui repose sur une **identification avec l'héroïne**. Comment ne pas avoir, comme Eugénie, le cœur battant au moment de la lire ?

La **mise en scène** y est pour beaucoup. Le cadre est le petit jardin, si familier au lecteur. Nous en connaissons les moindres détails : le banc de bois, le pan de mur fissuré. C'est le lieu de la rêverie, de l'imaginaire amoureux. La beauté de cette matinée d'août est un gage de bonheur. Eugénie, femme assise, fait le compte ses amours, quand Nanon survient. Tout le tragique repose sur cette inversion des signes : celle-ci croit annoncer une bonne nouvelle : « la joie semblait s'échapper comme une fumée par les crevasses de son brun visage » ; en réalité, comme dans la tragédie, elle est la messagère innocente du malheur. Elle le pressent vite, et sa dernière question semble prémonitoire : non, il n'est pas mort, mais c'est bien pire. Il eût par sa mort conservé intacts les souvenirs d'Eugénie.

Nous lisons la lettre avec les yeux d'Eugénie, **au rythme de sa lecture** : deux suspensions du texte soulignent la tension, en reflétant les pensées d'Eugénie, et même ses mouvements ; ainsi, la deuxième reprise (p. 201), en répétant quelques mots – et lesquels ! – suffit à traduire l'émotion et le bouleversement de la jeune fille qui se lève du banc et va s'asseoir sur les marches. C'est du très grand art. Après la lecture, nous pénétrons avec elle dans la maison. Un simple détail, ici encore, suffit à dépeindre la souffrance d'Eugénie : elle évite le couloir, où ils ont échangé leur premier baiser. Ni cris, ni larmes. Pas le moindre effet de *pathos*, une grande vérité psychologique. Une scène rigoureuse, dépouillée aura suffi à dépeindre le naufrage d'une vie, comme le souligne la métaphore de la page 203.

La lettre de Charles

La lettre de Charles est en elle-même un chef d'œuvre **d'hypocrisie et de duplicité**. Officiellement, il écrit à Eugénie pour l'autoriser à reprendre sa parole ; en fait, sa décision est prise, les bans publiés, et il habite déjà l'hôtel particulier de ses futurs beaux-parents. Le véritable motif de sa missive, c'est le mandat qui l'accompagne et lui permet de régler sa dette financière à l'égard de sa cousine. On se souvient qu'elle ne figure dans sa mémoire qu'à ce titre. En prétendant se dégager de cet autre engagement, purement moral, qu'il a vis-à-vis d'elle, il ment, bien sûr. Mais, il eût été difficile de le passer sous silence. Après quelques banalités sur la vie et la mort, il y fait donc allusion, adoptant un ton lyrique, énumérant les lieux de leurs amours et leurs rendez-vous dans les étoiles (p. 202). Sur le thème du « Non, je n'ai rien oublié », il fait une belle prestation. Mais ce n'est que pour mieux faire accepter son revirement.

Les milliers de lettres de Balzac à Madame Hanska et les nombreuses correspondances insérées dans ses romans (il a même écrit un roman par lettres : *Les Mémoires de deux jeunes mariées*) attestent son talent d'épistolier. Les **arguments** qu'il glisse sous la plume de Charles sont de plusieurs sortes. D'abord, des arguments touchant son **évolution personnelle** : il était un enfant, le voici un homme – voilà qui renvoie leurs amours à des amusements de gamins, à de « petits projets » (p. 201). Il a pris conscience de la dure loi de l'existence, et de la nécessité de renoncer à ses illusions de jeunesse. Autrement dit, il épouse Mademoiselle d'Aubrion par intérêt. Remarquons au passage, qu'en avouant qu'il n'aime pas sa fiancée, il croit atténuer son « infidélité ». C'est mal connaître Eugénie, qui aurait sans doute souffert mais mieux accepté une trahison par amour ; cela lui eût évité le mépris. Ensuite, des **arguments d'ordre général**, de vague philosophie sociale et existentielle : « L'amour, dans le mariage, est une chimère ». (p. 201), « Nous nous devons à nos enfants » (p. 202). Charles a déjà adopté les idées du milieu où il s'apprête à entrer. Enfin, des **arguments fondés sur le bien de sa cousine**, d'une logique brutale et frôlant la muflerie. Les mœurs et l'éducation d'Eugénie ne « cadreraient » pas avec ses projets, elle risque d'être trop âgée pour lui et d'en souffrir (argument déjà employé pour Annette !).

Le tout baigne dans une pseudo-générosité, une autoproclamation de sincérité qui culminent dans la dernière phrase où il affecte de se mettre à la disposition d'Eugénie, alors qu'il a déjà pris les siennes. Les points de suspension finals soulignent l'inutilité d'aller plus avant dans un discours entièrement fondé sur la mauvaise foi. L'air de *Non più andrai*, chanté par le comte Almaviva dans *Les Noces de Figaro* de Mozart confère à l'ensemble une désinvolture joyeuse qui contraste avec le ton pénétré du texte.

Mais dès les premiers mots, certains indices avaient mis Eugénie en garde : le cachet de Paris, l'absence de familiarité, et le mandat. La lecture n'a fait que confirmer l'intuition de départ. Quant à la réponse de la jeune fille, elle est l'exact contrepoint de la lettre de Charles : reprise des mêmes termes, simplicité, netteté, ironie profonde et douloureuse (p. 210).

L'exercice de style de Charles ne l'a donc pas trompée, mais il permet à Balzac d'introduire le dénouement, et à ce texte de s'inscrire dans la grande tradition littéraire des lettres de rupture, aux côtés de celle de Valmont à Madame de Tourvel dans *Les Liaisons dangereuses*, ou de Rodolphe à Emma dans *Madame Bovary*.

La fin approche...

La lettre de Charles a une **fonction dramatique** évidente. Elle produit un enchaînement des actions et une accélération du rythme romanesque. En quelques minutes, elle précipite le destin d'Eugénie, exactement comme la rencontre avec Charles avait donné sens à a sa vie. La fenêtre ouverte sur l'avenir se clôt définitivement.

Mais, quoi qu'on ait pu en dire, Eugénie nous paraît rester **maîtresse de sa vie**, et le sens qu'elle lui donne résulte de son seul choix. Bien sûr, celui-ci est conditionné par les mœurs et l'époque ; mais il l'est surtout par sa personnalité, comme le rappelle Balzac page 203. Elle avait plusieurs possibilités, toutes aussi romanesques les unes que les autres : se venger, se tuer, le forcer à l'épouser ou l'informer de sa fortune, aimer un autre homme, etc. Mais, fidèle à sa nature, et à la conception de la femme que lui a transmise sa mère, elle choisit la souffrance et la sublimation. « Elle mesura d'un regard sa destinée » (p. 203) : c'est le propre d'un héros. Victime bien sûr, mais victime consentante, volontaire pourrait-on dire. Elle ne reste pas sur son banc à pleurer : elle prend une série de décisions qu'on pourrait taxer de « viriles » en regard des critères de l'époque : choisir un mari, payer les dettes de Charles au nom de celui-ci. Elle fait tout cela avec lucidité (voir à ce propos sa conversation avec le président qui prouve qu'elle n'était pas aussi bête qu'elle en avait l'air) et fermeté. Ce qui la guide, c'est son mépris pour Charles (p. 206).

Mais ce mépris ne diminue en rien son « sentiment inextinguible » (p. 208) pour lui. Comme son père, Eugénie est la femme d'une seule passion. Cette fille réservée et chaste cache un esprit ferme et une extraordinaire obstination : les joyaux et les huit mille francs seront consacrés à un ostensoir en or. Dans cette transmutation symbolique, l'amour qu'elle porte à Charles se purifie encore. Il acquiert cette éternité qui appartient au sacré. C'est la fusion ultime de **sa religion de l'amour, et de son amour de la religion**. En faisant le sacrifice de ces objets si longtemps précieux à ses yeux, elle sacrifie la dépouille humaine de son amour. Elle renonce du même coup à sa vie de femme et à l'espérance du bonheur. De tout cela, Charles ne saura rien, bien sûr. La vulgarité de celui-ci éclate dans la scène avec Bonfons, où celui-ci devient, par comparaison, presque fin. Éternel coursier des Grandet, sa récompense sera de courte durée : il fallait un dénouement.

UNITÉ 20 (pp. 212 à 214)
« Ainsi va le monde »

RÉSUMÉ

Si Cruchot de Bonfons a épousé Eugénie, c'est naturellement par intérêt. Le contrat de mariage qu'il a fait établir, et dont il a bien l'intention de bénéficier, stipule que toute la fortune reviendra à l'époux survivant au cas où le couple n'aurait pas d'enfants. Une raison majeure pour respecter le vœu de solitude d'Eugénie, qui passe aux yeux de Saumur pour une épouse malade ou ingrate.

Mais par une sorte de justice, Bonfons meurt avant sa femme. C'est elle qui hérite, et sa fortune devient colossale. À trente-trois ans, cette femme sereine et pure mène une existence très simple, et a renoué avec les habitudes de parcimonie de sa jeunesse. Rien ne semble avoir changé dans la maison Grandet. Eugénie pourrait presque paraître avare, si elle ne consacrait une partie de sa fortune aux bonnes œuvres. Solitaire malgré son grand cœur, elle poursuit son existence monotone. Mais on murmure que les Froidfond commencent à s'intéresser à elle...

COMMENTAIRE

Une destinée contradictoire

Cette dernière séquence correspond, dans l'édition originale, à la conclusion. Nous y ajouterons pour le commentaire l'épilogue qui la suivait, et dans lequel Balzac revenait sur ce dénouement inhabituel.

La figure dominante de ce passage est **l'opposition**. Elle apparaît dans toutes les phrases ou presque, et sous des formes multiples : antithèses, parallélismes, paradoxes, ironie, répétitions, compléments d'opposition. Le premier paradoxe concerne Cruchot, et les calculs de son ambition : on voit comment ils sont déjoués par la Providence ; il y aurait donc une forme de justice, malgré tout, dont le romancier se ferait l'écho. Justice relative, cependant, puisque la fortune qu'il laisse à sa femme, loin de la rendre plus heureuse, la laisse indifférente : ironie du sort, par conséquent, qui dote Eugénie d'un bien qu'elle ne désire pas, et lui refuse ce à quoi elle aspirait. L'opposition majeure concerne donc les deux thèmes fondateurs du roman : **l'amour et l'argent**. Une phrase la résume et met l'accent sur le drame intime d'Eugénie Grandet : « Ce noble cœur qui ne battait que pour les sentiments les plus tendres, devait donc être soumis aux calculs de l'intérêt humain » (p. 214). Le groupe sujet trace un portrait idéalisé de l'héroïne, tandis que le groupe verbal résume sa destinée. Cette opposition entre la personnalité et la destinée illustre parfaitement le roman : l'histoire d'Eugénie Grandet est celle d'une femme qui n'a pas eu la vie qu'elle méritait. Elle est placée sous le signe de l'impuissance (d'aucuns diront passivité), de l'inachèvement et de l'incompréhension. Opposition donc entre les « teintes froides » de l'argent – on ne pense plus aux reflets chatoyants de l'or – et le besoin d'amour d'Eugénie : son cœur d'*or*, éternellement insatisfait.

Il y a une infinie tristesse dans cette **vie ratée** : « Telle est l'histoire de cette femme qui n'est pas du monde au milieu du monde, qui, faite pour être magnifiquement épouse et mère, n'a ni mari, ni enfants, ni famille. » La triple négation vient souligner le vide d'une existence solitaire. Ratage banal, peu spectaculaire : Eugénie Grandet est la lointaine cousine de Jeanne, l'héroïne d'*Une vie*. Ce naufrage est d'autant plus désolant qu'il s'accompagne d'une méprise : qui connaît la véritable Eugénie ? Ainsi, les sentiments qu'elle inspire sont eux aussi mélangés : médisance et raillerie, mais aussi « religieux respect » et admiration. D'amour, point, hormis celui de Nanon. Enfin, sa personnalité reflète une opposition fondamentale : noblesse de cœur, certes, « mais aussi la roideur de la vieille fille et les habitudes mesquines que donne l'existence étroite de la province » (p. 213). Dans cette phrase se noue le sens même du roman : **l'influence** laminante **de la province sur les êtres**, leur lent étouffement. Il n'est chez Balzac de destinée accomplie que parisienne, fût-elle dramatique ou tragique.

La femme et l'ange

La femme, écrit Balzac dans l'épilogue, « est une création transitoire entre l'homme et l'ange ». Cette idéalisation de la femme est sensible dans l'angélisme qui baigne les dernières pages d'*Eugénie Grandet*. Le **sentiment religieux** est l'une des composantes essentielles du personnage d'Eugénie. D'une grande pureté, ne s'accompagnant d'aucune bigoterie, ce sentiment va de pair avec le besoin de dévouement et les aspirations à l'absolu de la jeune fille. Il faut le replacer dans l'histoire des mentalités du XIXᵉ siècle, et tenir compte du rôle de la religion dans la vie des femmes de province. La piété, la charité, la virginité sont perçues comme des « vertus » féminines, et la féminité peut s'évaluer selon le degré de perfection atteint dans chacune d'elles. Chez Eugénie, elles s'expriment sous la forme d'adjectifs qui en font un état de nature : « pieuse », « bonne », « saintes pensées », « noble cœur ».

La jeune fille pleine d'élan s'est changée en figure idéale de la charité, elle semble se figer pour l'éternité, sa beauté devient celle d'une statue au visage « blanc, reposé, calme ». C'est le visage d'une femme qui a cessé d'éprouver des émotions humaines, qui a renoncé à tout bonheur personnel. Cette femme généreuse continue à donner, secrètement (le mot est prononcé deux fois). Le mouvement d'idéalisation s'achève dans le dernier paragraphe par une sorte d'**assomption**, qui en fait presque une sainte : « Eugénie marche au ciel accompagnée d'un cortège de bienfaits » (p. 214). On comprend que cette image pieuse ait pu plaire à la très catholique Madame Hanska. Surtout, elle fait d'Eugénie « un type, celui des dévouements » (épilogue), mais un dévouement muet, à jamais ignoré, et qui se résume dans le texte à une énumération d'édifices publics ou religieux qu'elle a contribué à édifier. Il y a par conséquent, dans cette idéalisation, comme un **effacement** du personnage, qui quitte la scène du roman pour entrer dans la légende.

Dénouement vrai ou vrai dénouement ?

« Ce dénouement trompe nécessairement la curiosité. Peut-être en est-il ainsi de tous les dénouements vrais », écrit Balzac dans son épilogue. Il est vrai que pour un lecteur de son époque, ce dénouement a de quoi décevoir. Peut-on seulement parler de dénouement ? Il est intéressant de savoir que dans une première version, Eugénie épousait un duc et vivait à Paris. Il y avait là matière à romanesque : un ultime retournement du destin qui permettait de faire aboutir une histoire. En effet, le lecteur attend que l'auteur le fixe sur le sort du personnage, qu'il soit heureux ou malheureux ; le dénouement met fin au récit, il est conclusif.

Ici, il en va tout autrement. Le texte reste comme **inachevé**, effet renforcé par le passage de la narration au présent de l'indicatif qui installe une concordance entre le temps de l'écriture et celui du récit. Ainsi entre « Madame de Bonfons fut veuve à trente-trois ans et « Son visage est blanc [...] », s'est-il écoulé cinq ans, puisque le narrateur écrit en 1833. De la même façon, le groupe circonstanciel : « Depuis quelques jours [...] », inscrit l'information dans un présent en train de se faire :

les Froidfond parviendront-ils à leurs fins ? Nous ne le saurons jamais : nous ne sommes pas dans un feuilleton, il n'y aura pas d'après. C'est précisément dans cet inachèvement, dans cet indécidé qu'est la nouveauté du texte.

De plus ce dénouement ne fait que renvoyer au **début du roman**. Non seulement Eugénie a renoué avec les habitudes de ses parents (elle allume le feu comme son père, s'habille comme sa mère), mais elle semble être revenue à sa propre jeunesse : « Elle vit comme avait vécu la pauvre Eugénie Grandet ». Le dénouement paraît donc effacer jusqu'au récit qui l'a précédé : l'éveil de ses sens, le sursaut de vie, la révolte, et même la jouissance de la richesse elle-même disparaissent à jamais, comme si Eugénie y avait définitivement renoncé, comme si elle ne les avait jamais vécus. On peut voir dans cet abandon une fatalité familiale, ou au contraire un choix personnel. L'explication est peut-être moins psychologique que **poétique**. Elle est donnée par la comparaison avec la maison, « sans soleil, sans chaleur, ombragée, mélancolique ». Cette mélancolie donne au texte sa tonalité. C'est à travers cette « image de la vie » d'Eugénie que le personnage acquiert son unité et sa forme définitive. « La maison à monsieur Grandet » est bien devenue celle de sa fille, au point d'en être l'emblême. Preuve qu'au fil du roman, l'éclairage s'est déplacé, et qu'Eugénie a conquis son titre d'héroïne.

Le dénouement, donc, loin de dénouer, est un **renouement**. Il fait du roman, non pas une construction circulaire, mais un éternel mouvement pendulaire, celui « de cette vie qui s'en va, s'adoucissant toujours » (Préface), propre, selon Balzac, à la vie de province. Car le grand triomphe, c'est celui de la province, qui murmure, ragote et intrigue dans l'ombre. Les cœurs simples comme ceux de Nanon et d'Eugénie en seront toujours les victimes. En choisissant de décevoir la curiosité de son lecteur, Balzac a donc fait œuvre de grand romancier : il a choisi la vérité contre l'artifice, et l'invention contre la convention. Le public ne s'y trompera pas, et fera d'*Eugénie Grandet* un succès.

Synthèse littéraire

L'HISTOIRE DU TEXTE

Une simple chronologie permettra de rendre compte de la rédaction et de la publication d'*Eugénie Grandet*.

La rédaction

– 19 août 1833 : première mention d'*Eugénie Grandet* dans une lettre de Balzac à Madame Hanska. Il n'est alors question que d'une simple nouvelle.

– 19 septembre 1833 : le premier chapitre, intitulé « Physionomies bourgeoises », paraît dans une revue, *L'Europe littéraire*. Un deuxième chapitre est annoncé mais ne paraît pas.

– 22 septembre 1833 : Balzac s'interrompt dans sa rédaction pour rejoindre Madame Hanska à Neuchâtel en Suisse. C'est la première fois qu'il la rencontre depuis le début de leur correspondance (dix-huit mois auparavant).

– 4 octobre 1833 : rentré à Paris, Balzac reprend la rédaction d'*Eugénie Grandet*.

– 13 octobre 1833 : Balzac signe un accord avec Madame Béchet pour la publication de douze volumes, ensemble intitulé « Études de mœurs ». *Eugénie Grandet* sera la première des quatre « Scènes de la vie de province ». Il continue à travailler jusqu'à la fin du mois de novembre.

La publication

– Vers le 15 décembre 1833 : édition originale. Première publication du texte complet, divisé en six chapitres : « Physionomies bourgeoises », « Le cousin de Paris », « Amours de province », « Promesses d'avare, serments d'amour », « Chagrins de famille », « Ainsi va le monde ». Il constitue le premier volume du tome V des « Études de mœurs du XIXᵉ siècle », et est daté de 1834. Balzac offre le manuscrit original à Madame Hanska à Noël, conservé à la Pierpont Morgan Library de New York.

– 9 novembre 1839 : édition Charpentier. Première édition séparée. Balzac supprime la division en chapitres et ajoute une mystérieuse dédicace : « À Maria ».

– 1843 : édition Furne ou première édition des œuvres complètes de Balzac. *Eugénie Grandet* est dans le tome V, premier volume des « Scènes de la vie de province ». Le préambule et l'épilogue disparaissent. Balzac corrige son texte sur un exemplaire unique qu'on appelle le « Furne corrigé ». Les variations entre le manuscrit et les différentes éditions expliquent certaines modifications de dates ou de chiffres que Balzac n'a pas toujours rectifiées.

La dédicace

La dédicace « À Maria » a longtemps intrigué les chercheurs. Ce n'est qu'en 1955 que deux d'entre eux, Roger Pierrot et André Chancerel, vont en éclaircir le mystère. À l'époque où il rédigeait *Eugénie Grandet*, Balzac avait une liaison avec une jeune femme, Marie du Fresnay, née Daminois. Une lettre de Balzac à sa sœur Laure Surville laisse entendre qu'il serait le père d'une petite Marie, née le 4 juin 1834. L'équivoque de la dédicace, son inscription tardive s'expliquerait par la rencontre avec Madame Hanska, à qui le romancier ne souhaitait pas révéler l'existence de cette autre inspiratrice. Maria, Éva (*cf.* épilogue)... chacune des deux femmes put se croire la dédicataire unique du roman !

L'accueil

Il fut excellent, et se traduisit par les ventes et les rééditions successives du roman. On apprécia d'emblée la simplicité du récit, et l'étude psychologique. Mais Balzac finit par se fatiguer de ce succès qui portait ombrage à ses autres œuvres, parfois plus complexes ou simplement différentes. Il ne voulait pas être seulement l'auteur d'*Eugénie Grandet*, « *Eugénie Grandet* avec laquelle on a assassiné tant de choses en moi », comme il l'écrivit à Mme Hanska le 10 février 1838. De fait, sa célébrité finira par porter préjudice au roman lui-même, et on peut s'étonner que ce texte si souvent étudié durant le cursus scolaire ait fait l'objet de si peu de monographies. L'ombre siérait-elle à *Eugénie Grandet* ?

LA PROVINCE DANS *EUGÉNIE GRANDET*

La préface de 1833 est tout entière consacrée à la peinture de la vie de province. Balzac y définit clairement son **projet** : « le récit pur et simple de ce qui se voit tous les jours en province », et les difficultés qui en résultent : la modestie des faits, l'absence de relief, les lenteurs et la minutie nécessaires pour « restituer à ces tableaux leurs ombres grises et leur clair-obscur ». On a du mal à imaginer, aujourd'hui, combien cette ambition est neuve à l'époque, le roman se cantonnant la plupart du temps à des allusions vagues et à une vie de campagne qui se déroule en des lieux conventionnels ou imaginaires. La peinture de la province est donc inséparable chez Balzac de sa volonté de réalisme, et elle constitue l'une sections essentielles des « Études de mœurs ». Sur dix-sept titres prévus, onze seront écrits : *Eugénie Grandet* est le premier.

La description du réel

Elle est en effet l'une des priorités de l'auteur. Un grand nombre de ses romans ont pour cadre l'Ouest et le Centre de la France, et Balzac puise souvent dans sa propre connaissance des lieux pour les décrire. Même si l'étude du manuscrit a montré qu'il s'agit plutôt d'une évocation de la Touraine que de l'Anjou, la topographie et la toponymie renforcent l'illusion et nous conduisent à identifier l'espace du roman à Saumur, ces deux régions étant suffisamment proches pour rendre la substitution vraisemblable, et certains détails propres à la région de Saumur la rendant impossible à déceler à la simple lecture. L'**effet de réel** est tel qu'on montre encore à Saumur, la « maison au père Grandet » ! De la même façon, les mœurs, les coutumes, les activités et les parlers locaux font l'objet d'un repérage précis qui sera le terreau de la matière romanesque. L'*incipit* d'*Eugénie Grandet* est un bon exemple de ces éléments pittoresques, architecturaux et archéologiques utilisés dans la description de Saumur. Que Saumur ne soit pas dans Saumur importe peu, Balzac ne rédige pas un guide touristique : pour lui, « à quelques usages près, toutes les villes de province se ressemblent[1] » : c'est cette vie de province, précisément, qu'il s'emploiera à décrire.

La société provinciale

De la pauvre Nanon, venue sonner chez l'avare, aux notables que sont les Cruchot et les des Grassins, du tonnelier à l'homme d'affaire millionnaire qu'est devenu Grandet, tous les acteurs de la comédie sociale défilent sous nos yeux, parfois sous la forme de simple figurants, comme le facteur ou Cornoiller. Ils offrent aux contemporains de Balzac une image véridique et actuelle, dans laquelle ils peuvent se reconnaître, ou reconnaître leurs cousins.

La mélancolie et la monotonie sont les grands principes de la vie de province selon Balzac. La répétition, les habitudes régissent les moindres actes, comme un rituel sans transcendance. Lieu de la stérilité (Eugénie n'aura pas d'enfants, comme les personnages de *La Vieille fille*, ou du *Curé de Tours*), de la réclusion – avant même d'être séquestrée, elle vit enfermée –, la province étouffe les fortes personnalités, qui n'ont d'issue que la résignation ou l'exil. Grandet, en cela, est une exception, sans doute parce qu'il sait admirablement tirer profit de la vie de province. La plupart du temps, la médiocrité des ambitions va de pair avec l'absence de mouvement et d'événements : « Si tout arrive à Paris, tout passe en province ». On comprend alors le défi que se lance Balzac : la province semble être le lieu anti-romanesque par excellence.

Or, le romancier va utiliser cette **banalité comme essence même du romanesque**. Dans cette société étriquée, guidée par l'intérêt et la curiosité, où l'on vit en public même quand on se croit à l'abri, « les consciences sont à jour ». Le lecteur sera comme l'un de ces habitants de Saumur, aux aguets des moindres actes d'Eugénie ou de son père. Car nous savons nous aussi qu' « il se rencontre, au fond des provinces, [...] des existences tranquilles à la superficie et que ravagent secrètement de tumultueuses passions »(Préface). Ce que le roman nous donne à voir, c'est donc non seulement le spectacle public

---

1. *La Femme abandonnée.*

de la province, mais ses replis secrets, ses univers cachés, ses **drames** muets. Roman du quotidien, roman d'une existence étouffée, *Eugénie Grandet* ouvre ainsi la voie aux grands romans réalistes qui, de *Madame Bovary* de Flaubert à *Une vie* de Maupassant, nous racontent la vie ratée des femmes de province. Rêves avortés, illusions durement dissipées, univers borné : le roman de la province fera payer chèrement aux femmes leur aspiration au romanesque.

Mais dans la vie et les mentalités françaises, il n'est **point de province sans Paris**. Il en va de même chez Balzac : dans son œuvre, la province et Paris se répondent comme en contre-point. Paris se profile à l'horizon des provinciaux d'*Eugénie Grandet*, fût-ce sur le mode défensif ou vindicatif. Est-ce un hasard si, pour Eugénie, le destin prendra la forme d'un Parisien, venu pour quelques jours à Saumur et qui, par un vaste détour, regagnera Paris – Paris où elle n'ira jamais ?

LES OBJETS DANS *EUGÉNIE GRANDET*

Pour l'avare, avoir, c'est être : pas étonnant, donc, que pour lui les objets comptent autant, et parfois plus, que les êtres vivants. L'ancien tonnelier met plus de soin à réparer la marche de son escalier qu'à soigner sa femme mourante. Comme la santé pour les humains, la durabilité des objets est le signe le plus sûr de leur valeur. Pour Grandet, contrairement à Charles, l'apparence ne compte pas, qu'il s'agisse du costume ou du mobilier, seul importe l'usage qu'on en tire, voire l'usure. Inusables sont les gants de Monsieur Grandet, tout comme l'est sa servante dont la laideur compte bien moins que sa robustesse de bête de somme.

Le rôle des objets est donc essentiel dans ce roman, non parce que Grandet leur attache une valeur en soi, mais parce qu'ils sont porteurs d'un sens qui les dépasse : **affective, dramatique**, ou **symbolique**, leur signification n'est jamais anodine et ne se limite pas à leur fonction utilitaire. Leur nombre rendrait un simple inventaire fastidieux, et nous nous contenterons de nous arrêter aux plus significatifs.

La **maison**, lieu d'étouffement, d'enfermement, dont la grille ressemble à une porte de prison, et les chambres nues à des cellules, les contient tous. On peut remarquer que trois pièces seulement sont montrées avec une certaine précision : la salle, « théâtre de la vie domestique » ; la chambre d'Eugénie, son miroir et le vieux meuble en chêne où se trouve la bourse en velours rouge ; et le cabinet de Grandet : lieu secret, interdit, mystérieux, il évoque tour à tour le laboratoire de l'alchimiste (Balzac conçoit à cette époque *La Recherche de l'absolu*), la chambre fermée à double tour de Barbe-Bleue et une chapelle où se célèbrerait un culte secret, celui de l'or.

Certains objets sont chargés par les personnages eux-mêmes d'une valeur supplémentaire : ainsi la **bougie** qui vient remplacer la chandelle jaune et fumante, ou le **sucre** qu'Eugénie offre à Charles. Signes de luxe, mais aussi de prévenance et d'amour, ils deviennent des enjeux dans la lutte qui oppose la jeune fille à son père. De la même façon, la bourse de velours écarlate qui contient son « **petit trésor** » est offerte comme un don et vaut bien plus que la somme qu'elle contient : une collection de pièces amoureusement choisies par Grandet qui se sent volé dans ses biens, dans son autorité et peut-être son amour pour sa fille. Quant au **banc**, tour à tour associé au temps de l'idylle, au temps du souvenir et au temps de la rupture, il acquiert une valeur sentimentale et emblématique au fil du roman. D'autres objets peuvent être trompeurs : le **nécessaire** de Charles et les portraits de ses parents, précieusement gardés par Eugénie, jalousement adorés, ne vaudront pas plus que leurs frais de transport quand Charles lui demandera de les lui renvoyer par la diligence. Quant aux précieux bijoux, leur refonte en ostensoir leur assure la pérennité, et marque le premier pas de l'héroïne dans la sublimation de ses sentiments. Objet récurrent, la **lettre** est messagère du destin des personnages et provoque à chaque fois un bouleversement dramatique : le suicide de Guillaume Grandet, le retour de Charles, la réponse d'Eugénie. Enfin, reste l'objet fétiche, **l'or**, dont le reflet jaune nimbe le roman. Quel que soit son mode d'apparition, sa valeur est absolue, et elle brille d'un éclat d'autant plus frappant que rien, dans la maison des Grandet, n'en signale la présence. Caché, entassé dans des sacs, des tonneaux ou une bourse de velours, l'or se contemple selon un rituel immuable, auquel le moindre manquement est porteur de catastrophe. L'or de Grandet, c'est, dans toute sa pureté, une matière dont la rareté, le relief et le brillant viennent attester la valeur. Indispensable à la poétique du roman, il dépasse son simple statut d'objet pour devenir **métapho-rique**, et conférer au dénouement son ironie terrible : « Dieu jeta donc des masses d'or à sa prisonnière pour qui l'or était indifférent [...] » (p. 213).

Comme le montrent Roland Letteren et Paul Perron (voir Bibliographie), la circulation des objets constitue ainsi l'un des **fondements** de l'action dans *Eugénie Grandet*. Trois grandes scènes d'affrontement sont déclenchées par des objets : le petit déjeuner, la scène du douzain et celle du nécessaire. Donnés, échangés, déposés, rachetés ou subtilisés, ils maté-rialisent aussi la relation des personnages entre eux. Enfin, ils véhiculent l'opposition fondatrice du roman : la rivalité entre Grandet et Charles – l'avare et le dandy, le père et l'amant, – moteur de l'action, et source du malheur d'Eugénie.

LE PERSONNAGE D'EUGÉNIE

Qui est vraiment Eugénie Grandet ? L'héroïne d'un roman pour jeunes filles sages ? Un modèle de soumission et de rési-gnation ? ou une femme révoltée puis écrasée ? Une fille un peu niaise, qui finit sa vie à l'ombre des édifices religieux ? Une amoureuse aveugle, éternellement fidèle à un homme qui n'en vaut pas la peine ? Tout cela sans doute et bien d'autres choses encore. Difficile et peut-être illusoire de vouloir retrouver l'être authentique d'un personnage écrasé sous les lectures et les interprétations souvent contradictoires. Essayons seulement, à travers quelques images, d'en restituer les contours. Ce que nous proposons ici, c'est avant tout une vision du personnage.

Première image donnée par le texte, celle d'un petit fauteuil à côté d'une chaise de paille : **la mère et la fille** travaillent paisiblement, depuis quinze ans, d'avril à novembre, près de la fenêtre. Madame Grandet peut voir les passants, mais pas Eugénie. Cette jeune fille assise, le front baissé vers son ouvrage, ne saisissant de l'extérieur que ce que sa mère lui en raconte, c'est Eugénie dans sa première adolescence, dans la tranquillité monotone des travaux et des jours. Le lien qui l'unit à sa mère ne se démentira pas : ces deux femmes sont promises au même destin : « sentir, aimer, souffrir, se dévouer » (p. 157). Nature féminine, comme le pense Balzac, ou condition féminine ? Toujours est-il qu'en se spoliant de l'héritage de sa mère, elle se place dans sa lignée : le sacrifice. À la fin du roman, Eugénie achève sa métamorphose en s'habillant comme Madame Grandet. Mais elle, elle n'a pas de fille à ses côtés.

Elle n'a pas d'amie, pas même l'une de ces camarades de couvent auxquelles on écrit (sans doute n'a-t-elle pas reçu d'autre éducation que religieuse), elle est entourée de personnes âgées, elle ne sort que pour aller à la messe, ou aux champs. Son **horizon est borné** comme l'est celui du petit jardin qu'elle aime contempler de sa fenêtre, sa vie assise comme le vieux banc de bois. Pourtant, elle n'est pas malheureuse : pour cela, il faudrait imaginer autre chose. Or, Eugénie est un être dépourvu de toute imagination : elle peut contempler, rêver, agir mais les images ne lui viennent pas. Le seul moment où elle tente de voir au-delà de la réalité qui l'entoure, c'est après le départ de Charles : encore a-t-elle besoin de la mappemonde pour le suivre en pensée (p. 158).

Et c'est bien l'irruption de Charles qui, pour elle, va ouvrir le monde, faire jaillir la vie, inonder de lumière son univers assoupi. Toutes les métaphores florales, végétales nous disent **l'éclosion d'une jeune fille** encore en bouton. Comme un coquelicot, Balzac nous la montre se déployant, se colorant à l'image de sa « bouche d'un rouge de minium, dont les lèvres à mille raies étaient pleines d'amour et de bonté » (p. 80). Cette bouche nous dit la vraie nature d'Eugénie : sa générosité, sa vitalité de créature un peu plantureuse, sa douceur de grande fille toute simple, son rayonnement d'être pur, « encore sur la rive de la vie où fleurissent les illusions enfantines ». Ce que nous montre le roman, c'est cet élan de vie qui la porte vers Charles, la naissance de sa curiosité, son besoin d'action qui prend la forme du dévouement, et aussi – ne l'oublions pas – l'éveil de ses sens. L'exubérance du premier amour (« Le trouves-tu bien ? » demande-t-elle, comme toutes les filles, à sa mère, p. 90) va de pair avec les palpitations du cœur et de la chair. Eugénie est sensuelle avec innocence, elle découvre les rendez-vous clandestins, « le plus entier de tous les baisers » dans l'ombre du couloir, les baisers volés du dernier soir. Bref, cette femme est « faite pour être magnifiquement épouse et mère » (p. 214).

Autre image : Eugénie est levée depuis longtemps, elle pense à Charles, rêve de crème et de galette pour son beau cousin. « Veux-tu te promener au bord de la Loire sur mes prairies ? », lui demande son père. Elle met son chapeau de paille doublé de taffetas rose, et les voici tous deux, le père et la fille, qui descendent « la rue tortueuse jusqu'à la place ». Elle est dans ce bonheur d'une promenade matinale avec ce père qui incarne tout le savoir du monde, toute l'autorité, ce père qu'elle aime et respecte – et quelques instants plus tard, il la précipite dans un malheur incompréhensible : il préférerait la jeter à l'eau plutôt que la marier à Charles. Bientôt, elle va commencer à le juger, puis à le défier, à lui résister, à dire enfin : ceci est à moi. Comment peut-on être **fille d'avare** ? En donnant, et le plus possible. À l'avarice de Grandet répond la générosité d'Eugénie. Donner, elle ne l'a jamais vu faire autour d'elle : c'est sa manière à elle d'inventer l'amour. Qu'il s'y mêle au passage un rien d'agressivité à l'égard de ceux qui voudraient l'en empêcher, la chose est certaine, tant à l'égard de son père que de l'ingrat dont elle règle les dettes.

Eugénie n'est pas une créature fade, elle a la vigueur des êtres passionnés, mais elle est sans expérience. D'où la tirerait-elle ? des soirées autour de la table du loto ? de la messe quotidienne ? Sa piété même, son profond sens religieux ne semblent lui être d'aucun secours. Tout juste pourra-t-elle y puiser une religiosité diffuse, qui lui permet de consacrer un culte à l'absent, et d'offrir au Ciel les reliques de l'infidèle. Dans la religion, Eugénie ne trouve pas un réconfort, mais un rôle à sa mesure. Elle est un **être de foi** : foi en ceux qu'elle aime, foi en la Providence qui s'est pourtant bien mal conduite à son égard. Elle ne pleure pas, ne s'effondre pas, mais transmute tout l'amour qu'on lui a retiré en bienfaits pour les autres : c'est ce que Balzac appelle une sainte.

Dernière image : elle fait venir Bonfons (ex-Cruchot) et lui dicte ses conditions. Elle est **sans illusion** et sans faiblesse. Elle traite une affaire, celle de sa vie : d'un côté le « sentiment inextinguible » qu'elle continuera à chérir, de l'autre sa fortune ; la part du rêve et celle de la réalité. Eugénie a choisi : la piété et la charité ici-bas, à défaut de l'amour d'un homme et de la maternité. « Son visage est blanc, reposé, calme ». Il a perdu les couleurs fraîches de la jeunesse. Il a la beauté d'un masque mortuaire.

Car, en dernière analyse, le roman est bien le récit d'un **itinéraire** : de la soumission à la résurrection, « de la résurrection à l'insurrection » (J. Gale), de l'attente au renoncement.

Toute la cruauté du dénouement est là, dans ce chemin qui ne va nulle part et cette histoire qui n'en est plus une.

LE PERSONNAGE DE GRANDET

Une figure puissante

À son amie Zulma Carraud qui lui reprochait l'invraisemblance du personnage de Grandet, Balzac répondait par avance dans son épilogue : « Chaque département a son Grandet. Seulement le Grandet de Mayenne ou de Lille est moins riche que ne l'était l'ancien maire de Saumur. » C'était à la fois défendre son personnage et en admettre l'exagération littéraire. **La vérité romanesque du père Grandet** réside dans cet équilibre. Comme tout grand personnage, Grandet est le résultat de la fusion de plusieurs modèles authentiques et de l'imagination de l'auteur. S'y ajoute l'intérêt qu'a toujours accordé Balzac au thème de l'avarice, dont il fait l'une des grandes passions humaines. Dans cette « lutte insensée avec l'Harpagon de Molière » *(Correspondance)*, Félix Grandet se présente ainsi comme l'un des grands types d'avare de la littérature.

Certains ont pu voir en lui le véritable héros d'*Eugénie Grandet*. Cette position est discutable. Le héros balzacien se mesure à son itinéraire, donc à son évolution : Rubempré, Rastignac, Antoinette de Langeais ou Eugénie sont les sujets d'une transformation, que celle-ci se traduise par un échec ou non. Or, Grandet paraît étonnamment semblable à lui-même. Bien sûr, avec l'âge, sa manie s'accentue et devient une maladie, mais c'est justement l'inverse d'une transformation, une mise à nu de ce qu'il a toujours été : un avare.

Ce caractère **monolithique** du personnage, cette invariance, cette imperméabilité sont l'une des caractéristiques de Grandet, qui reste « inébranlable, âpre et froid comme une pile de granit » (p. 172). C'est aussi sa force, qui transparaît dans son physique ramassé et solide, dans son activité que seul le grand âge affaiblira, et dans l'autorité qu'il exerce sur tous ceux qui l'entourent. La fascination qu'il exerce sur ses concitoyens est signalée à plusieurs reprises et elle tient autant à sa personnalité qu'à sa richesse. Grandet fait partie de ces créations puissantes de *La Comédie humaine*, dans lesquelles Balzac emble avoir mis sa propre énergie et son admiration pour ceux qui maîtrisent ce symbole du pouvoir dans les sociétés humaines : l'argent.

Une figure complexe

À cet éternel endetté, ce gaspilleur-né qu'était Balzac, l'avare fournit un sujet inépuisable d'inspiration, d'admiration et de répulsion mêlées. Voilà sans doute pourquoi les images que nous avons de Grandet sont si multiples, et le personnage si riche. En effet, stylisation autour d'une passion, permanence d'un trait de caractère, création d'un type ne signifient pas pour autant simplicité : si Grandet domine à ce point le roman, c'est bien parce qu'il s'agit d'un **personnage complexe** et riche. Le thème du secret est au cœur du roman, comme le cabinet-laboratoire au cœur de la maison, et la multiplicité des points de vue sur Grandet contribue à épaissir le mystère qui l'entoure.

Ainsi, il inspire aux Saumurois à la fois **respect et crainte**. Objet de fantasme – sa fortune dont personne ne connaît le montant exact n'en paraît que plus colossale –, il est à la fois naïf et estimé. Les comparaisons introduites par le narrateur soulignent sa dangerosité : le tigre, le boa et le basilic se nourrissent de leurs proies. Son avarice n'est pas vécue comme un ridicule, mais comme une force dans cette société de province où tout s'économise. Dupes de ses ruses tactiques (le bégaiement, la surdité), les habitants de Saumur sont à la fois le meilleur public de Grandet, ses rivaux et ses victimes.

La Grande Nanon, elle, lui voue une reconnaissance éternelle. À ses yeux, Grandet est un dieu tout-puissant et bon. Elle s'est construit un maître à la mesure de son dévouement et de sa propre bonté. Elle le défend à l'extérieur, est prête à tout pour lui. L'apogée de son bonheur sera d'arborer un gros trousseau de clefs comme son maître, de devenir un peu ce qu'il a été. Le Grandet de Nanon est un **maître juste**, qui ne fait pas de différence entre ses invités et la servante qui les vaut bien (p. 51), et sait placer sa confiance. Qu'il l'exploite et la traite en chien fidèle ne l'empêchera pas d'être le seul personnage du roman à connaître un destin heureux. Une fois pour toutes, Grandet a sauvé Nanon. À l'inverse, le Grandet de Madame Grandet est un homme terrible, dont on peut craindre la violence, un **tyran** qu'il faut apaiser par une soumission constante et des prières à Dieu. Cet époux tout-puissant n'a aucun égard pour cette femme qu'il dit pourtant aimer : elle est un meuble, fait pour durer. Il ne consentira à débourser les frais de médecin que pour reculer l'échéance de la succession.

Quant au Grandet d'Eugénie, nous avons vu son **ambivalence**. Père aimant, sans doute, puisque Eugénie est le seul être auquel il tient, mais père intransigeant, égoïste, tyrannique qui fera le malheur de sa fille en voulant faire sa richesse. Pour Anne-Marie Baron qui tente une lecture psychanalytique de Balzac, « ce père monstrueux fait partie des pères dévorateurs ; il trouve une jouissance évidente dans la violence qu'il fait subir à sa fille et même dans la résistance que lui oppose par la suite la volonté inébranlable de celle-ci[1]. » Un lien très fort unit ces deux êtres qui se ressemblent : qu'il l'épie se coiffant à sa fenêtre ou qu'elle roule son fauteuil à la porte de son cabinet plein d'or, fille et père sont inséparables, comme les deux faces d'une même pièce d'or.

La passion de l'or

Car de l'**or**, pour finir, il faut bien parler. Jaune et brun comme une abeille, Grandet sait faire fructifier les écus : il a la main d'or comme d'autres ont la main verte. Sa ladrerie dans les petites choses n'interdit pas son audace dans les grandes, mais il ne va jamais jusqu'à prendre de véritables risques. C'est sans doute pour cela qu'il s'enrichit au lieu de se ruiner. L'or jette sa lumière éclatante sur le roman, cet or qu'il aime passionnément au point de vivre de sa seule chaleur à la fin de sa vie, créature vivante (« ça va, ça vient, ça sue, ça produit »), seul dieu que cet ancien « rouge » vénère et auquel il sacrifiera sa femme, sa fille et tout sentiment humain. Passion destructrice, l'avarice est une maladie de solitaire. Elle n'a par définition aucune limite, car on peut toujours gagner plus et dépenser moins ; elle ne peut engendrer que la démesure. Comment, alors, reprocher à Balzac celle de Félix Grandet ?

---

1. Anne-Marie Baron, *Le Fils prodige*, Nathan, 1993, p. 113.

L'ACTION DANS *EUGÉNIE GRANDET*

On a souvent fait d'*Eugénie Grandet* un roman où « il ne se passe rien », « un roman sans événement » (Maurice Bardèche), voire un anti-roman. Même si le thème de l'attente, et l'immobilité de l'héroïne avant et après la venue de Charles peuvent autoriser ce type de jugement, l'examen du texte montre que l'action est loin d'être plate ou inexistante. Simplement, elle ne repose pas sur des rebondissements ou des péripéties. Les événements extérieurs sont peu nombreux, et le cadre étroit de la maison Grandet contribue à créer une impression d'uniformité.

Dans les romans de Balzac, l'action se développe souvent selon une construction très proche d'une dramaturgie théâtrale : une préparation minutieuse, une crise brutale suivie d'un enchaînement de scènes dramatiques, un dénouement rapide. Ainsi le drame, dans *Eugénie Grandet*, est-il annoncé à la page 159. Ce rapprochement explicite avec une **« tragédie bourgeoise »** éclaire le déroulement de l'action :

– une exposition qui présente les lieux, les personnages, et prépare l'action ;

– un événement qui déclenche l'action et noue l'intrigue : l'arrivée du cousin Charles et ses conséquences : l'amour d'Eugénie, le don de son trésor ;

– un conflit entre des forces qui s'opposent (l'argent et l'amour) et culmine avec la scène du jour de l'an ;

– le drame entraîné par l'affrontement : séquestration d'Eugénie, maladie et mort de sa mère. Parallèlement, l'avarice de Grandet devient une maladie, comme le montre son agonie ;

– un coup de théâtre : la lettre de Charles ;

– le dénouement : le mariage d'Eugénie et sa vie solitaire consacrée aux bonnes œuvres.

On voit comment cette action s'achemine de façon presque linéaire vers sa fin. Elle repose tout entière sur **deux événements** majeurs qui bouleversent les équilibres acquis : l'arrivée de Charles, et la lettre annonçant les conditions de son retour. Sur cette intrigue très simple (elle l'aime, elle l'attend, il revient mais ne l'aime plus), se greffe un élément déterminant : l'avarice de Grandet qui provoque le conflit et les affrontements. Le drame est dans l'interférence des deux passions dominantes : l'amour et l'argent, et c'est l'opposition de ces forces antagonistes qui crée l'action. Le thème central du **mariage** permet d'opérer la synthèse de ces deux forces, puisqu'il est, selon les cas, affaire d'argent ou lien d'amour. À la question posée au début du texte : **qui Eugénie épousera-t-elle ?** il est ainsi répondu à la fin : non pas Charles qu'elle aime, d'abord parce que son père n'a pas voulu, ensuite parce que lui-même a choisi d'en épouser une autre, mais Cruchot qu'elle n'aime pas et qui n'aime que sa fortune. Le veuvage et le célibat d'Eugénie constituent donc l'ultime réponse à la question initiale. On voit alors comment l'action vient servir l'histoire d'une destinée.

LA TEMPORALITÉ

Le temps lui aussi semble s'écouler de façon monotone dans la maison Grandet. La structure temporelle est inséparable du déroulement de l'action, et Balzac a pris soin de jalonner son récit d'indications précises qui permettent de mesurer la durée des différents épisodes.

Durée romanesque / durée réelle

Le tableau ci-contre appelle quelques remarques. L'action proprement dite ne commence qu'en novembre 1819, jour de l'anniversaire d'Eugénie qui coïncide avec l'arrivée de Charles et l'éveil de ses sentiments. Mais tous les épisodes évoqués par Balzac ne sont pas traités de la même manière. Ainsi, le séjour de Charles chez les Grandet n'a duré qu'une soirée et neuf jours. Cette période nous est racontée en détail, occupant dans notre édition 116 pages sur les 214 que comporte le roman, soit plus de la moitié ! La place accordée à ces quelques jours nous permet de différencier la durée romanesque de la durée réelle : elle met en valeur l'importance de cet événement dans la vie d'Eugénie, l'intensité de ces journées qui viennent rompre la monotonie de sa vie antérieure, et pèseront sur toute son existence. Ces jours de bonheur seront les seuls où elle aura vraiment vécu, ils constituent un « temps sacré » (Jacqueline Winckler-Boulenger), qu'elle revivra sans cesse en souvenir. De la même manière, le jour de

I Exposition	II Début de l'intrigue
La maison Grandet	*Charles à Saumur*
19 pages (pp. 27 à 46)	110 pages (pp. 46 à 156)
De la Révolution à 1819	**Mi-novembre 1819 : une soirée (scène inaugurale) + neuf jours**

III Le drame	IV Dénouement
L'attente	*La solitude*
44 pages (pp. 156 à 199)	15 pages (pp. 199 à 214)
Décembre 1819 à fin 1827	**De 1827 à 1833**
– Premier janvier 1820 : affrontement entre Grandet et sa fille ; – séquestration durant six mois (« vers la fin du printemps ») ; – octobre 1822 : mort de Mme Grandet[1] ; – fin 1827 : agonie du père Grandet[2].	– juin 1827 : Charles arrive en France ; – août 1827 : la lettre ; – même année : mariage d'Eugénie avec Cruchot ; – 1829 : Eugénie veuve à 33 ans ; – 1833 : manœuvres des Froidfond.

1. Les éditions antérieures à Furne donnaient 1820.
2. Même remarque : les premiers états du texte donnaient janvier 1826, ce qui rend plus vraisemblable la suite de la chronologie. Dans cette version, Charles rentrait en France en juin 1826, soit six mois après la mort de Grandet. Ces erreurs sont dues aux révisions de Balzac, qui n'a pas toujours tenu compte de ses différentes corrections.

l'an 1820 nous est narré par le menu, presque en temps réel grâce aux dialogues, ce qui renforce son importance dramatique et son rôle de pivot dans l'action.

Inversement, de longues périodes sont à peine évoquées. Ces **ellipses** (« deux mois passèrent », « cinq ans se passèrent ») mettent l'accent sur ce temps anti-romanesque, qu'aucun événement marquant ne vient ponctuer : monotonie, répétition, uniformité de surface sont la marque d'un temps atone, sur lequel le romancier ne peut que glisser mais qui forme la trame de la vie d'Eugénie.

À ces variations de la durée romanesques s'ajoutent quelques analepses* et une longue prolepse*. Elle ont essentiellement une valeur informative (l'histoire de Grandet par exemple), et s'insèrent plus ou moins bien dans le tissu narratif. Le long commentaire sur les créanciers peut ainsi apparaître comme une digression sur un sujet auquel Balzac, éternel endetté, était particulièrement sensible.

Les personnages et le temps

Le temps est en effet **vécu différemment par chaque personnage**. Pour **Grandet**, le temps est spéculation, donc action. Spéculer, c'est prendre en compte le temps pour faire du profit. Le temps permet aux peupliers de pousser, au raisin de mûrir, à la rente de monter, aux créanciers de se décourager, à sa fortune de s'accroître. Il faut aussi savoir l'utiliser pour prendre de vitesse les autres vignerons ou vendre son or au bon moment. Pour **Madame Grandet et sa fille**, le temps est répétition et attente : répétition des pratiques religieuses (la messe, la prière du soir), des anniversaires qui ponctuent l'année, ou des deux dates qui marquent leur déplacement de la fenêtre à la cheminée ; attente de l'aimé pour l'une, de la mort pour l'autre. Mais il connaît également de brusques accélérations, lorsqu'il s'agit de préparer la chambre ou le déjeuner de *Charles*, ou que les « fuyardes journées » s'envolent vers l'heure du départ. Enfin, pour **Charles**, le temps bascule avec sa destinée : les heures tranquilles de l'oisif s'accélèrent au rythme de l'aventure et de la conquête d'une fortune. Ainsi le découpage de l'action et les différents rythmes de la narration mettent-ils en lumière le rôle d'Eugénie, personnage central du roman puisque c'est sur sa perception du temps que celui-là est construit.

Le temps joue un rôle essentiel dans *Eugénie Grandet*. Il en est l'un des actants, au même titre que l'argent. Sa lente coulée donne sa tonalité au texte. La durée intérieure, tissée de rêveries et d'images du passé, dans laquelle se réfugie Eugénie, crée une impression d'uniformité, que renforce la durée indifférenciée des dernières pages. En choisissant de traduire l'érosion qu'il produit sur les êtres, l'insensible dégradation qui fait d'un avare un demi-fou et d'une fille pleine de vitalité une vieille fille stérile, Balzac démontrait que le temps est, plus que l'espace peut-être, **la véritable dimension du romanesque**. Avec, à la fin du récit, l'irruption du présent de narration, le temps du roman entre alors pour l'éternité dans l'inachevé, inscrit dans la coïncidence de l'écriture et du récit.

LES DESCRIPTIONS ET LES PORTRAITS

La description bazacienne

Les descriptions dans les romans de Balzac ont mauvaise presse chez les jeunes lecteurs : interminables, ennuyeuses ou même, aux yeux de certains, confuses à force de précision, elles symbolisent bien souvent tout ce qu'ils reprochent au roman classique. Peut-être faut-il tout simplement un mode d'emploi de la description balzacienne ?

Et d'abord, pour quelles raisons Balzac a-t-il si souvent privilégié cette technique littéraire ? Rappelons-nous qu'au début du XIXe siècle, l'écriture est, avec la peinture et le dessin, l'un des seuls moyens de **saisir la réalité**. Dans sa volonté de rendre compte de la société de son temps, sous tous ses aspects, Balzac est obligé de passer par la description minutieuse du réel : substantifs et adjectifs, énumérations, vocabulaire parfois technique, utilisation des couleurs, des lignes, des volumes, ou même des chiffres assurent cette fonction comme, dans *Eugénie Grandet*, l'inventaire précis et organisé de la salle de la maison Grandet.

Mais Balzac ne cherche jamais le pittoresque pour lui-même. Le rôle de la description se rattache à sa conception de l'univers, inspirée par la **théorie du milieu** de Geoffroy Saint-Hilaire : comme les animaux, les êtres humains impriment leur marque à leur cadre de vie. Ainsi, l'environnement renvoie-t-il aux êtres qui l'habitent : la salle des Grandet, par son aspect négligé, dépouillé et froid, reflète l'avarice du maître de maison, et la tyrannie qu'il exerce sur les femmes qui l'entourent. Inversement, les êtres sont influencés par leur milieu : l'écrasement d'Eugénie et de sa mère sont aussi le fruit de ce lieu sans joie et sans beauté. On voit comment la description doit souvent précéder l'action qu'elle prépare et justifie par sa **valeur psychologique**.

Elle adopte souvent un point de vue objectif et totalisant (*cf.* le portrait de Grandet) mais peut, à l'inverse, être saisie à travers le regard d'un personnage qui lui appose alors son état d'âme, comme le jardin contemplé par Eugénie de sa fenêtre. Cette vue plongeante, qui juxtapose les oppositions, les effets de lumière et les notations affectives nous montre que la description chez Balzac est rarement une « photographie » plate du réel, mais qu'elle possède la plupart du temps une **profondeur et un mouvement** : ainsi, dans l'*incipit* du roman, l'implication du lecteur par le narrateur qui, en quelque sorte, le prend par la main pour le promener à travers les rues de la ville. Les rythmes et les sonorités, les remarques subjectives, les images contribuent à faire de ces descriptions, pourvu qu'on s'y prête, des supports à **l'imagination**. Celle-ci joue un rôle essentiel dans la démarche balzacienne : « Chez moi, l'observation était déjà devenue intuitive, elle pénétrait l'âme sans négliger le corps ; ou plutôt elle saisissait si bien les détails extérieurs qu'elle allait sur-le-champ au-delà ; elle me donnait la faculté de vivre la vie de l'individu sur laquelle elle s'exerçait [...] », écrit Balzac dans *Facino Cane* en 1836. Cette phrase nous permet de saisir le processus créatif du romancier, et il faut prendre modèle sur lui pour faire vivre à notre tour les espaces et les personnages décrits.

Le portrait balzacien

De même, dans les portraits, **traits physiques et psychologiques** renvoient sans cesse l'un à l'autre. La technique de Balzac s'inspire des travaux de Gall et de Lavater, qui prétendaient lire dans leur morphologie le caractère des individus. D'où la minutie des descriptions : de Grandet nous saurons jusqu'à la circonférence du mollet ! Si certains détails peuvent aujourd'hui prêter à sourire, l'art du portrait est tel que la minutie du dessin n'empêche pas l'impression d'ensemble, et que le personnage semble vivant : comment oublier la silhouette trapue et robuste, éternellement vêtue de l'habit de gros drap marron, du père Grandet ? Comment ne pas y voir « cette croyance en soi que donne l'habitude d'avoir toujours réussi » ? Le personnage est aussi le reflet de l'idée qui l'habite : le reflet d'or de l'œil de l'avare symbolise sa passion, de même que les comparaisons avec le tigre, le boa ou le basilic. Enfin, le portrait permet souvent de suivre l'évolution du personnage ; ainsi, Eugénie est-elle décrite à trois reprises : avant sa rencontre avec Charles (p. 79), puis transformée par l'amour (p. 157), et enfin confite en solitude et bonnes œuvres (p. 213).

On voit ainsi que descriptions et portraits, loin d'être des temps morts de la lecture, sont non seulement riches d'informations sur l'action à venir, mais qu'ils possèdent aussi une **valeur poétique et symbolique** : qu'on songe au jardin, lieu de bonheur, d'attente puis de désolation pour Eugénie Grandet. Enfin, les multiples références à la peinture, les techniques qu'il lui emprunte (cadre, plans, couleurs et lignes, clair-obscur) sont une indication supplémentaire de la dimension artistique qu'il faut donner à l'œuvre.

LE ROMAN DANS *LA COMÉDIE HUMAINE*

Un roman de mœurs

Le roman inaugure les « Scènes de la vie de province ». En privilégiant la peinture minutieuse du réel, *Eugénie Grandet* marque donc une étape dans la création balzacienne ; il s'agit du premier roman de mœurs de *La Comédie humaine*.

Un roman de la passion

La conception des personnages traduit également un changement. Balzac intègre au roman sa conception de **l'idée fixe** : Grandet et sa fille **incarnent** les ravages de la passion, non de façon abstraite, mais en relation étroite avec leur milieu social et leur époque. L'un et l'autre se rattachent à une série de personnages : D'Orgemont (*Les Chouans*, 1829), Gobseck (*Gobseck*, 1830), Cornélius (*Maître Cornélius*, 1831), Hochon (*La Rabouilleuse*, 1841) ou le Père Séchard (*Les Illusions perdues*, 1837-1843) pour l'avare, des personnages de jeunes femmes trompées ou déçues par l'amour, telles que Madame de Beauséant ou Antoinette de Langeais pour Eugénie.

Un roman de la province

Eugénie Grandet introduit les thèmes de la province : lieu de l'enfermement, de l'enlisement, de la monotonie, mais aussi de l'accumulation du capital, la province permet à Balzac d'inventer une nouvelle forme de romanesque, qui repose sur la durée et la répétition plus que sur le renouvellement des péripéties. Il préfigure d'autres romans, tels que *Le Lys dans la vallée*, *La Rabouilleuse*, *La Vieille fille* ou *Les Illusions perdues*.

Cette adéquation entre un projet, un cadre, des personnages et une écriture font de ce roman le premier des grands romans balzaciens.

Lexique

VOCABULAIRE JURIDIQUE

agent de change : intermédiaire chargé de négocier les effets publics.

bien-fonds : bien immobilier.

billet : engagement écrit de payer une somme due à une date déterminée.

créance : dette dont le créancier peut exiger le remboursement.

débours : argent avancé pour le compte d'un tiers.

exécuter : procéder à la saisie des biens d'un débiteur.

faillite : dépôt de bilan qui n'est déshonorant que s'il se fait à l'initiative des débiteurs.

hypothèque : droit accordé à un créancier sur un bien sans que le débiteur en soit dépossédé.

indivis : bien commun, non partagé.

intérêts composés : intérêts calculés sur le capital accru de ses intérêts.

inventaire : description des éléments composant l'actif et le passif d'une succession.

licitation : vente aux enchères d'un bien indivis.

liquidation : opération qui consiste à calculer le montant des sommes à régler.

nue-propriété : droit de propriété d'un bien dont une autre personne a la jouissance (= usufruit).

procuration : acte donnant à un autre le droit d'agir à sa place.

protêt : acte par lequel le porteur d'un billet fait constater qu'il n'a pas été payé.

rente : emprunt de l'État, représenté par un titre qui donne droit à un intérêt contre remise de coupons.

VOCABULAIRE DE L'ARGENT

Il est parfois difficile de suivre les références (nombreuses !) à l'argent. Voici quelques indications pour vous y aider :

– **un louis**, ou napoléon, est une pièce d'or qui vaut 20 francs ;
– **un écu** vaut 5,80 francs ;
– **une livre** est égale à un franc ;
– **un franc** (il s'agit du franc-or) vaut 20 sous ;
– **un sou** vaut 4 liards ou 5 centimes.

Pour avoir une idée de ce que ces valeurs représenteraient aujourd'hui, il faut les affecter d'un cœfficient, bien sûr approximatif : selon l'INSEE, à la fin de 1992, 1 franc de 1840 vaudrait 21,69 francs actuels. Il faut donc multiplier par **22** pour obtenir leur valeur approximative en 1994 (données fournies par Roger Pierrot, dans sa biographie de Balzac, parue chez Fayard en 1994).

VOCABULAIRE LITTÉRAIRE

analepse : retour en arrière dans le récit.

anaphore : figure de rhétorique qui consiste à reprendre un même mot ou un même groupe de mots au début d'une phrase ou d'un paragraphe.

dramatique : du grec *drama* signifiant « action ». Cet adjectif désigne ce qui se réfère à la progression de l'action.

focalisation : point de vue du narrateur sur l'action. Il existe trois types de focalisation : la focalisation **interne** : la scène est vue par l'un des personnages qui participent à l'action, et le narrateur adopte sa sensibilité ; la focalisation **externe** : la scène est racontée par un témoin extérieur qui ne dispose que d'une partie des informations ; la focalisation **zéro** : le point de vue est celui d'un narrateur omniscient, qui sait tout et voit tout.

gradation : succession ordonnée de termes de sens voisin.

leitmotiv : thème ou formule qui revient plusieurs fois dans une œuvre.

oxymore : rapprochement de deux contraires à l'intérieur d'un même groupe de mots.

prolepse : technique narrative qui consiste à raconter un événement ultérieur.

réalisme : volonté de peindre le réel en évitant de le déformer.

Quelques citations

Préface de 1833 (supprimée en 1843)

Il se rencontre au fond des provinces quelques têtes dignes d'une étude sérieuse, des caractères pleins d'originalité, des existences tranquilles à la superficie, et que ravagent secrètement de tumultueuses passions ; mais les aspérités les plus tranchées des caractères, mais les exaltations les plus passionnées finissent par s'y abolir dans la constante monotonie des mœurs. Aucun poète n'a tenté de décrire les phénomènes de cette vie qui s'en va, s'adoucissant toujours. Pourquoi non ? S'il y a de la poésie dans l'atmosphère de Paris, où tourbillonne un simoun qui enlève les fortunes et brise les cœurs, n'y en a-t-il donc pas aussi dans la lente action du sirocco de l'atmosphère provinciale qui détend les plus fiers courages, relâche les fibres, et désarme les passions de leur acutesse ? Si tout arrive à Paris, tout passe en province : là, ni relief ni saillie ; mais là, des drames dans le silence ; des mystères habilement dissimulés ; là, des dénouements dans un seul mot ; là, d'énormes valeurs prêtées par le calcul et l'analyse aux actions les plus indifférentes. On y vit en public.

Si les peintres littéraires ont abandonné les admirables scènes de la vie de province, ce n'est ni par dédain ni faute d'observation ; peut-être y a-t-il impuissance. En effet, pour initier à un intérêt presque muet, qui gît moins dans l'action que dans la pensée ; pour rendre des figures, au premier aspect peu colorées, mais dont les détails et les demi-teintes sollicitent les plus savantes touches du pinceau ; pour restituer à ces tableaux leurs ombres grises et leur clair-obscur ; pour sonder une nature creuse en apparence, mais que l'examen trouve pleine et riche sous une écorce unie, ne faut-il pas une multitude de préparations, des soins inouïs, et, pour de tels portraits, les finesses de la miniature antique ?

La superbe littérature de Paris, économe de ses heures, qu'au détriment de l'art, elle emploie en haines et en plaisirs, veut son drame tout fait ; quant à le chercher, elle n'en a pas le loisir à une époque où le temps manque aux événements ; quant à le créer, si quelque auteur en émettait la prétention, cet acte viril exciterait des émeutes dans une république où, depuis longtemps, il est défendu, de par la critique des eunuques, d'inventer une forme, un genre, une action quelconques.

Ces observations étaient nécessaires, et pour faire connaître la modeste intention de l'auteur, qui ne veut être ici que le plus humble des copistes, et pour établir incontestablement son droit à prodiguer les longueurs exigées par le cercle de minuties dans lequel il est obligé de se mouvoir. Enfin, au moment où l'on donne aux œuvres les plus éphémères le glorieux nom de conte, qui ne doit appartenir qu'aux créations les plus vivaces de l'art, il lui sera sans doute pardonné de descendre aux mesquines proportions de l'histoire, l'histoire vulgaire, le récit pur et simple de ce qui se voit tous les jours en province.

Plus tard, il apportera son grain de sable au tas élevé par les manœuvres de l'époque ; aujourd'hui, le pauvre artiste n'a saisi qu'un de ces fils blancs promenés dans les airs par la brise, et dont s'amusent les enfants, les jeunes filles, les poètes ; dont les savants ne se soucient guère ; mais que, dit-on, laisse tomber de sa quenouille, une céleste fileuse. Prenez garde ! Il y a des moralités dans cette tradition champêtre ! Aussi l'auteur en fait-il son épigraphe. Il vous montrera comment, durant la belle saison de la vie, certaines illusions de blanches espérances, des fils argentés descendent des cieux et y retournent sans avoir touché terre.

Postface de 1833 (supprimée en 1843)

Ce dénouement trompe nécessairement la curiosité. Peut-être en est-il ainsi de tous les dénouements vrais. Les tragédies, les drames, pour parler le langage de ce temps, sont rares dans la nature. Souvenez-vous du préambule. Cette histoire est une traduction imparfaite de quelques pages oubliées par les copistes dans le grand livre du monde. Ici, nulle invention. L'œuvre est une humble miniature pour laquelle il fallait plus de patience que d'art. Chaque département a son Grandet. Seulement le Grandet de Mayenne ou de Lille est moins riche que ne l'était l'ancien maire de Saumur. L'auteur a pu forcer un trait, mal esquisser ses anges terrestres, mettre un peu trop ou pas assez de couleur sur son vélin. Peut-être a-t-il trop chargé d'or le contour de la tête de sa Maria ; peut-être n'a-t-il pas distribué la lumière selon les règles de l'art ; enfin, peut-être a-t-il trop rembruni les teintes déjà noires de son vieillard, image toute matérielle. Mais ne refusez pas votre indulgence au moine patient, vivant au fond de sa cellule ; humble auteur de la *Rosa Mundi*, de Marie, belle image de tout le sexe, la femme du moine, la seconde Éva des chrétiens.

S'il continue d'accorder, malgré les critiques, tant de perfections à la femme, il pense encore, lui jeune, que la femme est l'être le plus parfait entre les créatures. Sortie la dernière des mains qui façonnaient les mondes, elle doit exprimer plus purement que toute autre la pensée divine. Aussi n'est-elle pas, ainsi que l'homme, prise dans le granit primordial, devenu mol argile sous les doigts de Dieu ; non, tirée des flancs de l'homme, matière souple et ductile, elle est une création transitoire entre l'homme et l'ange. Aussi la voyez-vous forte autant que l'homme est fort, et délicatement intelligente par le sentiment, comme est l'ange. Ne fallait-il pas unir en elle ces deux natures pour la charger de toujours porter l'espèce en son coeur ? Un enfant, pour elle, n'est-il pas toute l'humanité !

Parmi les femmes, Eugénie Grandet sera peut-être un type, celui des dévouements jetés à travers les orages du monde et qui s'y engloutissent comme une noble statue enlevée à la Grèce et qui, pendant le transport, tombe à la mer où elle demeurera toujours ignorée.

Jugements critiques

Un chef d'œuvre ? Oui, mais....

« Il s'en faut de bien peu que cette charmante histoire ne soit un chef-d'œuvre – oui, un chef-d'œuvre – qui se classerait à côté de ce qu'il y a de mieux, et de plus délicat parmi les romans en un volume. Il ne faudrait pour cela que des suppressions en lieu opportun, quelques allègements de description, diminuer un peu vers la fin l'or du père Grandet et les millions qu'il déplace et remue dans la liquidation des affaires de son frère : quand ce désastre familial l'appauvrirait un peu, la vraisemblance générale ne ferait qu'y gagner. »

SAINTE-BEUVE, *Revue des Deux Mondes*, novembre 1834.

Un jugement sans appel

« C'est le premier Balzac que j'ai lu. Il ne me paraît pas des meilleurs ni mériter du tout la faveur insigne qu'on lui accorde. L'écriture en est des plus médiocres ; les caractères on ne peut plus sommairement dessinés ; les dialogues conventionnels et souvent inadmissibles, ou mécaniquement motivés par les caractères...Seule l'histoire des spéculations du père Grandet me paraît magistrale ; mais c'est peut-être aussi parce que je n'y suis pas compétent. »

André GIDE, *Journal*, 22 mars 1931.

Un classique

« N'eût-il fait qu'*Eugénie Grandet*, ce roman-là le sauverait de l'oubli. »

Jules SIMON, 1853.

Une héroïne et un thème balzaciens

« Car il suffit de lire le titre : le personnage central reste Eugénie, et le thème est entièrement balzacien : l'intention éclate à la fin de l'ouvrage. Cette veuve pieuse et confite en bonnes œuvres, dont l'observateur superficiel penserait qu'elle a mené une vie plate et banale entre un père peu agréable et une mère effacée, a connu un drame effrayant, le pire peut-

être qui puisse briser le cœur d'une jeune fille. [...] Son désespoir pourrait la conduire à la mort, mais l'issue qu'elle choisit est pire : vivre et vieillir dans la même médiocrité morale
où s'est déroulée sa vie de jeune fille, et dont elle avait cru un
moment s'affranchir. »

Félix LONGAUD, *Dictionnaire de Balzac*, Larousse, 1969.

Le regard moderne

« Le lecteur moderne, moins à même que les contemporains
de l'auteur de faire la distinction entre les éléments vraisem-
blables et ceux qui ne le sont pas, a parfois tendance à prêter
à la réalité elle-même cette fascination du mystère : il est incons-
testable que peu de lecteurs ont aujourd'hui la même réaction
que Charles en pénétrant dans le salon Grandet, qui est pour
nous étrange plutôt que sordide ou repoussant. »

Nicole MOZET, préface à l'édition de la Pléiade,
Gallimard, 1976.

Le « droit du seigneur » du romancier

« De sa jeunesse, Balzac a conservé essentiellement le droit
d'intervenir pour précipiter. Il croit à un "droit du seigneur"chez
le romancier. Il l'appelle Providence ou il l'appelle "échéance",
mais c'est toujours la même chose : c'est le romancier qui sur-
veille et accélère la marche du destin. Par d'habiles préparations, il détermine le moment où éclate la crise. Tout paraît
inéluctable dans chacun de ses drames. Mais en réalité, les
personnages se battent sur un terrain plein de trappes et de
pièges qu'un geste du romancier fait jouer au bon moment. »

Maurice BARDÈCHE, *Balzac romancier*, Slatkine, 1967.

Avare et usurier

« Grandet est à la fois avare et usurier : usurier quand il spé-
cule pour s'enrichir, avare quand il s'enferme pour jouir de
son or. Ouverture / fermeture, diastole / systole : alternance
qui est celle-là même de la vie, et ne saurait étonner, puisque
l'or est clairement vécu par Grandet comme une substance
vitale, mieux vaudrait dire *la* substance vitale unique et
suprême, le sang profond de l'existence. »

Philippe BERTHIER, *Eugénie Grandet de Balzac*,
coll. « Foliothèque », Gallimard, 1992.

Index thématique

Plans et sujets de travaux

SUJETS DE SYNTHÈSE

1. La passion dans *Eugénie Grandet*.
2. Les personnages secondaires.
3. La famille dans *Eugénie Grandet*.
4. Le thème de l'attente.
5. L'espace dans le roman (étude des différents lieux évoqués).
6. L'argent dans *Eugénie Grandet*.
7. Les femmes dans le roman (statut, psychologie, rôle).

EXPOSÉS, RECHERCHES

1. Le personnage de la jeune fille dans le roman français.
2. Annette, une anti-Eugénie.
3. La région de la Loire dans les romans de Balzac.
4. Le jardin dans la littérature.
5. Le personnage de l'avare dans l'œuvre de Balzac.
6. Harpagon et Grandet.
7. Étude critique d'une adaptation cinématographique d'*Eugénie Grandet*.
8. Le personnage de la servante dans la littérature (s'appuyer par exemple sur Toinette dans *Le Malade imaginaire* de Molière, Lisette dans *Le Jeu de l'amour et du hasard* de Marivaux, Félicité dans « Un cœur simple » de Flaubert, *Germinie Lacerteux* des Goncourt, *Les Bonnes* de Genet).

SUJETS DE DEVOIRS

1. *Eugénie Grandet*, une « tragédie bourgeoise ».
2. Pensez-vous qu'*Eugénie Grandet* soit « un roman pour jeunes filles » comme on l'a dit parfois ?
3. Comment expliquez-vous le succès d'*Eugénie Grandet* ? Vous paraît-il justifié ?

COMMENTAIRE COMPOSÉ

Le jardin de la maison Grandet (pp.78-79 de : « Auprès de la cuisine » à : « de la fuite des heures »).

Introduction

Roman de la province, *Eugénie Grandet* se déroule pour l'essentiel dans le cadre étroit de la maison Grandet. Cet univers sombre et mélancolique donne sa tonalité au texte et pèse sur les personnages qui l'habitent. La vie monotone de l'héroïne est à l'image de cet univers, et ce n'est qu'avec l'irruption de son cousin Charles, venu de Paris, qu'elle va s'éveiller à l'amour. Le lendemain de l'arrivée de son cousin, elle fait sa toilette avec plus de soin que d'habitude, et se regarde avec inquiétude dans son miroir avant de contempler le jardin par la fenêtre. Cette description du jardin est menée avec art par Balzac, et nous permet de découvrir une nature en harmonie avec la jeune fille qui s'y mire.

Nous verrons que ce passage se présente comme un tableau descriptif, un paysage-état d'âme, et un espace poétique.

Un tableau descriptif

Comme de nombreux paysages balzaciens, la cour et le jardin de la maison Grandet sont contemplés de haut, ce qui permet à l'auteur d'en donner une **vue d'ensemble**. Toute la première partie du texte propose une description très structurée des différents éléments qui composent ce paysage, une phrase étant consacrée à chacun d'entre eux : l'énumération suit le regard d'Eugénie et guide le nôtre, embrassant successivement le puits, le mur, le pavé de la cour, la grille du jardin, les deux pommiers, les allées et les carrés de terre, les framboisiers et le noyer. Ce parcours donne son mouvement à la description, de même que les nombreux verbes qui personnifient les éléments naturels : « gagnait », s'y attachait », « courait », « s'élevaient », « s'avançaient », »inclinaient », « tombaient ». Ces mouvements de haut en bas ou de bas en haut se conjuguent avec les lignes souvent courbes (« courbées », « tortueux », « ondées »), et l'ensemble évoque une **végétation luxuriante, envahissante et négligée** à la fois.

123

Cette vitalité contraste avec les murs, les marches « disjointes », la grille « pourrie, à moitié tombée de vétusté ». Toutefois, la végétation est elle aussi mal entretenue, à l'image de la maison à laquelle elle appartient. Des nuances d'automne, des traces brunes sur le mur font le lien entre le jardin et la maison des Grandet : même absence de soin et de goût esthétique, que souligne l'emploi de participes passés connotant passivité et dégradation. Les couleurs sont sombres ou ternes. Les teintes « noirâtres » du pavé associent l'effet du temps et celui de la nature, l'ensemble semble mélancolique comme l'automne, et à l'abandon. La comparaison avec le tombeau d'un chevalier accentue cette impression de **désolation** et de **vétusté**.

Le mélange d'immobilité et de mouvement, de vie et de mort créent l'impression d'une lutte pour la vie, d'un temps suspendu qui ne demanderait qu'à se remettre en marche. C'est l'effet que va produire la venue du soleil, comme si la **lumière transformait le tableau**. Une longue phrase souligne la métamorphose, qui commence par le pan de mur et se prolonge avec les fleurs et l'herbe. La nature apparaît alors presque printanière, avec ses couleurs pastel, même si l'adjectif « fanée » vient nous rappeler que nous sommes encore à l'automne.

Or, le regard d'Eugénie n'est pas étranger à ce changement de perspective, il en est même la source essentielle.

Un paysage-état d'âme

L'harmonie entre le paysage et les sentiments de l'héroïne est clairement soulignée par l'auteur. À la mélancolie d'une existence morne, succède la vitalité d'un être qui s'éveille à l'amour. Cette transformation du paysage intérieur d'Eugénie se reflète dans le regard qu'elle pose sur le cadre familier qui l'entoure. Tout se passe comme si elle le voyait pour la première fois : elle « trouva des charmes tout nouveaux dans l'aspect de ces choses auparavant si ordinaires pour elle ». L'irruption du passé simple dans un texte à l'imparfait descriptif, le changement d'énonciation qui fait de la jeune fille le sujet de la phrase, l'adverbe « auparavant » et l'opposition entre les deux adjectifs soulignent le changement. Comme toujours chez Balzac, l'idée de changement est un facteur de profusion et de vitalité : les verbes *naître* et *croître* montrent qu'il s'agit d'un véritable éveil à la vie, et qu'il se fait à l'unisson dans la nature et chez la jeune fille, comme le soulignent les répétitions et les parallélismes : l'« être moral » est rapproché de l'« être physique » ; « les harmonies de son cœur » font « alliance avec les harmonies de la nature ». Le verbe « s'accordaient » insiste aussi sur ce rapprochement, ainsi que le rythme binaire.

Le jardin étroit et mélancolique devient ainsi un **véritable paysage romantique**, transfiguré par les sentiments qui animent l'héroïne. En s'animant sous la lumière du jour, ce **« jardin-miroir »** se met même à vibrer tant Eugénie devient attentive à ses moindres aspects ; le bruit des feuilles qui tombent, loin d'être un signe banal de mort, devient alors un symbole d'espérance.

Un espace poétique

Miroir de l'état d'âme de la jeune fille, le jardin se présente, plus profondément, comme une **image poétique** de son histoire et de son univers. Ainsi, la première partie du texte évoque la vie routinière des Grandet que semblent incarner ces trois allées parallèles, qui encadrent des carrés de terre, eux-mêmes cernés par les bordures de buis, symbole de la mesquinerie provinciale. De la même façon, ces bûches rangées de façon impeccable rappellent le soin obsessionnel de l'avare, tandis que le sarment envahissant évoque l'importance de la vigne. La régularité de cette existence est soulignée par les rythmes ternaires, très nombreux, et les rimes intérieures : « flétris, rougis, brouis ». La lumière du soleil, comme l'amour, réchauffe et fait fondre le « glacis » qui recouvre les objets et le cœur d'Eugénie. Non seulement le paysage s'en trouve transfiguré, comme nous l'avons vu, mais il change de signification : ce ne sont plus la mousse, les arbres fruitiers ou la vigne qui sont évoqués, mais les « cheveux de Vénus », plante grimpante dont le nom évoque l'amour et la féminité. Les très nombreuses métaphores, les comparaisons, les assonances poétisent l'écriture. Le paysage semble **illustrer la jeune vie** tout entière d'Eugénie, puisqu'il fait naître à la fois « un souvenir gracieux comme ceux de l'enfance » et une interrogation sur l'avenir. Ces « célestes rayons d'espérance » qui éclairent son avenir seront hélas aussi trompeurs que la lumière d'automne. Comme le jardin, le cœur d'Eugénie replongera dans l'obscurité et la stérilité, à l'image de ce « tombeau d'un chevalier enterré par sa veuve au temps des croisades ». Comment ne pas y voir une **métaphore ironique du destin d'Eugénie**, consumée d'attente pour son chevalier parti au loin, et dont le cœur deviendra ce tombeau à jamais enseveli sous les souvenirs ?

Conclusion

Inscrite au cœur du portrait d'Eugénie, cette évocation du jardin est l'une des pages essentielles du roman, et l'une des rares qui soit consacrées à la nature. La description précise ne prend son sens que dans sa relation avec le personnage qui y projette ses sentiments, et avec l'ensemble du roman. En effet, loin d'être un simple décor, le jardin deviendra au fil des pages le refuge des amours d'Eugénie, et un véritable personnage du roman. Les rendez-vous clandestins avec Charles, les confidences, les serments et les adieux en feront un espace magique et chargé de sens pour la jeune fille. C'est là qu'elle viendra l'attendre, et là qu'elle lira sa terrible lettre. Enfin, véritable **jardin secret** comme le sera son amour pour Charles, il nous offre une lecture poétique de son univers intérieur et de son existence.

Bibliographie essentielle

Éditions de référence

Eugénie Grandet, édition de P.-G. CASTEX, Classiques Garnier, 1965.

Eugénie Grandet, édition de Nicole MOZET, *La Comédie humaine*, t. 3, « Bibliothèque de la Pléiade », Gallimard, 1976.

Éditions de poche

Eugénie Grandet, édition de Pierre CITRON, coll. « GF », Flammarion, 1964.

Eugénie Grandet, édition de S. DE SACY, coll. « Folio », Gallimard, 1972.

Eugénie Grandet, édition de Maurice BARDÈCHE, coll. « Le Livre de poche », Hachette, 1983.

Eugénie Grandet, Presses Pocket, 1989.

Eugénie Grandet, édition de Gérard GENGEMBRE, Classiques Larousse, 1993.

Sur Balzac et *La Comédie humaine*

Pierre AURÉGAN, *Balzac*, coll. « Balises », Nathan, 1992.

Pierre BARBÉRIS, *Balzac et le mal du siècle*, Gallimard, 1970.

Maurice BARDÈCHE, *Balzac romancier*, Plon, 1945 et Slatkine, 1967.

Anne-Marie BARON, *Le Fils prodige*, coll. « Le texte à l'œuvre », Nathan, 1993.

Gérard GENGEMBRE, *Balzac, le Napoléon des lettres*, coll. « Découvertes », Gallimard, 1992.

Félix LONGAUD, *Dictionnaire de Balzac*, Larousse, 1969.

Nicole MOZET, *La Ville de province dans l'œuvre de Balzac*, SEDES, 1982.

Roger PIERROT, *Balzac*, Fayard, 1994.

Jean-Pierre RICHARD, « Corps et décors balzaciens », in *Études sur le romantisme*, Le Seuil, 1970.

Annette ROSA et Isabelle TOURNIER, *Balzac*, coll. « Thèmes et Œuvres », Armand Colin, 1992.

Stefan ZWEIG, *Balzac, le roman de sa vie*, Albin Michel, 1950.

Sur *Eugénie Grandet*

Un ouvrage :

Philippe BERTHIER, *Eugénie Grandet de Balzac*, coll. « Folio-thèque », Gallimard, 1992.

Des articles :

Ruth AMOSSY et Elisheva ROSEN, « La configuration du dandy dans *Eugénie Grandet* », in *L'Année balzacienne*, 1975 (pp. 247-261).

P. G. CASTEX, « L'ascension de M. Grandet », in *Europe*, 1965 ; repris dans *Horizons romantiques*, José Corti, 1983.

John GALE, « Le jardin de Monsieur Grandet », in *L'Année balzacienne*, 1981 (pp. 191-203).

Roland LETTENER et Paul PERRON, « Le système des objets dans *Eugénie Grandet* » in *Littérature*, n° 26 (pp. 94-119).

PRINCETON UNIVERSITY (collectif), « Thèmes religieux dans *Eugénie Grandet* », in *L'Année balzacienne*, 1976 (pp. 201-229).

Adaptation pour la télévision

La plus récente, de grande qualité, a été réalisée pour FR3 par Jean-Daniel Verhaeghe (1993). Adaptation et dialogues de Pierre Moustiers, avec Jean Carmet et Alexandra London.

N° de projet : 10046759 - (V) - 11 - (OSBT) - 80° - DL Avril 1998
Imprimé en France par I.M.E. - 25110 Baume-les-Dames - N° Imprimeur : 12221